Bruderschaft der Gerechtigkeit

Juergen von Rehberg

Bruderschaft der Gerechtigkeit

Schmunzeln in CORONA-Zeiten

Bibliografische Information der Deutschen Nationalbibliothek:
Die Deutsche Nationalbibliothek verzeichnet diese
Publikation in der Deutschen Nationalbibliografie;
detaillierte bibliografische Daten sind im Internet
über http://dnb.dnb.de abrufbar.

Herstellung und Verlag: BoD – Books on Demand,
Norderstedt

ISBN: 978-3-7519-3387-2

Das Gasthaus „Zur Eiche" stand in einem kleinen Ort, der überschaubar viele Einwohner hatte, und den die Einwohner scherzhaft „Two-River-Town" nannten.

Diese Bezeichnung bezog sich auf die Tatsache, dass in diesem Ort zwei Flüsse eine Verbindung eingingen. Der eine, eher ein Bächlein, begehrte Einlass bei einem größeren, der die Bezeichnung „Fluss" durchaus verdiente.

Bei der Namensgebung des Ortes stand auch der zweisilbige Teil eindrucksvoll vor seinem einsilbigen Anhängsel.

Es war nach dem Krieg, und die noch vorhandene Bevölkerung strebte - jeden Tag ein bisschen mehr – wieder der Normalität zu, wie sie vor dem Krieg geherrscht hatte.

Viele Männer waren nicht mehr zurückgekehrt, und andere Dorfbewohner ließen durch die zerstörerische Wirkung des Krieges ihr Leben oder durch Krankheiten, welcher ein solcher hie und da mit sich zu bringen vermag.

Was die Überlebenden jedoch nicht vergessen hatten, war das Auftreten und Wirken einzelner Personen, welche unter dem Hakenkreuz aus der Bedeutungslosigkeit herausgetreten waren und sich nun zu mächtigen Erscheinungen gemausert hatten.

Erscheinungen, welche auf rücksichtslose Art und Weise ihre Machtgelüste in perfider Manier auskosteten.

Und genau die sollten zur Rechenschaft gezogen werden.

Ein paar aufrechte, mutige Männer hatten sich zusammengefunden, um diesen abscheulichen Kreaturen den Garaus zu machen.

Es waren jedoch nicht nur einheimische Bösewichte, denen ihr Interesse galt, sondern auch einige Nichteinheimische, welche den Schutz der Anonymität auf dem flachen Land suchten, begleitet von der Hoffnung, dort nicht entdeckt zu werden.

Die besagten aufrechten, mutigen Männer, es waren sieben an der Zahl, trafen sich einmal im Monat an einem Dienstag im Gasthaus „Zur Eiche", mitten auf dem Marktplatz und schräg gegenüber vom Rathaus gelegen.

Der Dienstag wurde deshalb gewählt, weil das offiziell der wöchentliche Ruhetag war.

Heute war wieder Dienstag, und seit ihrem letzten Treffen war schon wieder ein Monat vergangen.

Sie hatten sich einem markanten Namen zugelegt:

„Bruderschaft der Gerechtigkeit".

Die Mitglieder hießen mit ihrem Decknamen:

Otto, die Sense
Otto, der Fiskus
Otto, das Kreuz
Karl, das Rasiermesser
Wilhelm, die Brezel
Fritz, die Blunze
Robert, das Benzin

Einer der drei Ottos – Otto, das Kreuz – wurde von den anderen Mitgliedern einstimmig zum Vorsitzenden gewählt.

Zu den sieben Aufrechten kam noch ein weiterer Mann dazu, der zwar in der Nachbargemeinde wohnte, aber im gegenüberliegenden Rathaus in seiner schmucken Uniform seinen Dienst versah.

Sein Dienstfahrzeug war ein Moped, mit dem er, nach Dienstschluss, auch nach Hause fuhr. Meistens jedoch erst, nachdem er seine täglichen Feierabendbiere in der „Eiche" konsumiert hatte.

Er wurde deshalb in den geheimen Kreis aufgenommen, weil er Zugang zu wichtigen Informationen hatte.

Sein Deckname war „Sepp, das Moped".

*****

„Ich begrüße die werten Mitglieder zu unserer allmonatlichen Sitzung und bitte Fiskus-Otto um Verlesung der Tagesordnung."

Kreuz-Otto hatte mit der Kraft seiner gewaltigen Stimme, mit welcher er auch sonntags aus erhöhter Position seinen Schäfchen die Leviten verlas, die Sitzung eröffnet.

Fiskus-Otto bedankte sich bei Kreuz-Otto für die Erteilung des Wortes und begann von einem Blatt Papier die Tagesordnung zu verlesen:

1. Feststellung der Vollzähligkeit.
2. Tätigkeitsbericht des rückliegenden Monats.
3. Besprechung zu den vorliegenden Erhebungen, durchgeführt von unserem außerordentlichen Mitglied Moped-Sepp.
4. Allfälliges.

Nachdem Fiskus-Otto am Ende seiner Verlesung angelangt war, schaute er erwartungsvoll in die Runde, um eventuellen Widerspruch wahrnehmen zu können.

Als dies nicht der Fall war, fragte er jedoch vorsichtshalber:

„Möchte vielleicht irgendjemand etwas dazu bemerken oder einen zusätzlichen Punkt auf der Tagesordnung hinzufügen?"

Ein weiterer Blick in die Runde ergab, dass weder das eine noch das andere der Fall war. Und so wendete sich Fiskus-Otto unmittelbar dem Punkt 1 der Tagesordnung zu.

„Ich werde jetzt die Namen der Mitglieder aufrufen, und ich bitte durch Handzeichen die Anwesenheit zu bekunden."

Fiskus-Otto rief die Namen seiner sechs Mitbrüder auf, und alle – außer Benzin-Robert – bekundeten ihre Anwesenheit durch Handzeichen.

Benzin-Robert gehörte im 2. WK zum Afrikakorps der Panzertruppe Erwin Rommel, und als alter Soldat quittierte er den Aufruf von Fiskus-Otto mit einem lauten „HIER!"

Nicht, dass die anderen Mitglieder keinen Dienst fürs Vaterland an der Waffe geleistet hätten; aber ein Mitglied bei „Panzer-Erwin" gewesen zu sein, war eben doch noch einmal etwas anderes.

Überhaupt, diese Feststellung auf Vollzähligkeit – bezogen auf die doch recht überschaubare Anzahl der Anwesenden – war anfangs recht strittig.

Aber gegen alle Widerstände, hatte sich Fiskus-Otto durchzusetzen gewusst. Als Staatsbediensteter war es ihm ganz einfach ein Anliegen, dass eine gewisse Ordnung zu herrschen habe.

Er betrachtete seine Aufgabe als kleine Entschädigung für das Übergehen seiner Person bei der letzten Beförderung im Amt.

Als Schriftführer bei der Bruderschaft konnte er einmal im Monat ein gewisses Gefühl der Wichtigkeit auskosten, was ihm von Amts wegen verwehrt worden war.

Bei der Abstimmung, die im Übrigen geheim abgehalten wurde, bekam Fiskus-Otto vier JA-Stimmen, bei zwei Enthaltungen und einer NEIN-Stimme.

Obwohl die Abstimmung geheim war, wussten die anderen, von wem das NEIN kam. Es war zweifellos Sensen-Otto, ein notorischer NEIN-Sager.

Es gab Stimmen, die anregten, man solle Sensen-Otto doch aus der Bruderschaft ausschließen, was jedoch ein Unsinn war.

Erstens wusste er viel zu viel, und zweitens war er der Wirt der „Eiche", dem Ort der allmonatlichen konspirativen Zusammenkunft.

„Nachdem ich die Vollzähligkeit festgestellt habe, und wir somit beschlussfähig sind, kommen wir nun zu Punkt zwei der Tagesordnung.

Ich bitte nun Blunzen-Fritz um den Tätigkeitsbericht vom vergangenen Monat."

Blunzen-Fritz, ein Mann von einer stattlichen Statur, erhob sich von seinem Sitz und bedankte sich bei Fiskus-Otto für die Erteilung des Wortes.

„Liebe Mitbrüder", begann Blunzen-Fritz mit seinem Bericht, als die Tür aufgestoßen wurde, und eine junge, hübsche, blonde, blauäugige Frau den Raum betrat.

„So geht das nicht, Frau Marianne", wollte Kreuz-Otto in seiner unnachahmlichen Art lospoltern, als er von Sensen-Otto eingebremst wurde.

„Wollt ihr etwas trinken oder nicht?", fragte er Kreuz-Otto versöhnlich, denn die Eintretende war niemand anderes als die Ehefrau des Wirts, die ein Tablett mit Getränken vor sich hertrug.

Sensen-Otto, ein bekennender Agnostiker, mochte den Vorsitzenden zwar nicht, brachte ihm aber einen gebührenden Respekt entgegen.

„Aber deswegen erwarte ich trotzdem, dass deine Frau anklopft, bevor sie den Raum betritt", erwiderte Kreuz-Otto zähneknirschend.

Er war es nun einmal nicht gewöhnt, dass jemand seine Äußerungen hinterfragte.

„Sie hat es einmal vergessen, das ist doch nicht so schlimm, Otto", kam der zaghafte Versuch der Vermittlung von Brezel-Wilhelm.

Brezel-Wilhelm war ein Phlegmatiker. Vielleicht kam es daher, dass er – im Gegensatz zu den übrigen Mitbrüdern – in beiden Weltkriegen seinen Dienst am Vaterland geleistet hatte.

Er hatte beide unbeschadet überlebt, und er hatte miterleben müssen, wie links und rechts von ihm Kameraden ihr Leben lassen mussten.

Als er einmal gefragt wurde, worin für ihn der Unterschied zwischen WK I und WK II läge, hatte er geantwortet:

„Es gibt keinen. Beide waren sinnlos, und beim Sterben fragt man nicht, für wen oder für was man stirbt."

Umso bemerkenswerter war es, dass Brezel-Wilhelm – neben seiner stoischen Gelassenheit – eine unbeschreiblich große Portion Fröhlichkeit an den Tag legte.

Kreuz-Otto hätte noch gern etwas zu dem Vorfall gesagt, unterließ es aber, als er in das lächelnde Gesicht von Brezel-Wilhelm sah.

Obwohl Brezel-Wilhelm der gleichen Glaubensfraktion wie Kreuz-Otto angehörte, war er jedoch nie dem Ruf der Glocken gefolgt.

Noch nicht einmal an Weihnachten. Er entrichtete zwar brav seinen Obolus an die Mutter Kirche, nahm aber deren Dienste nicht in Anspruch.

Vermutlich hatte er sich nach dem 2. WK von dieser Institution abgewandt. Ihm war aufgefallen, dass sterbende Kameraden immer nur nach ihrer Mutter gerufen hatten; aber niemals nach Gott.

Das hatte ihn nachdenklich gemacht. Als er von Kreuz-Otto einmal in seiner Backstube besucht wurde, und dieser ihn nach dem Grund seines Fernbleibens kirchlichen Lebens fragte, bekam Kreuz-Otto die Antwort:

„Es ist sehr freundlich von dir, dass du mich hier besuchst, lieber Otto. Ich backe Brot und sorge damit für das leibliche Wohl der Menschen, und du sorgst für ihr seelisches Wohl. So hat jeder sein Tätigkeitsfeld. Und soll es in Hinkunft auch bleiben."

Kreuz-Otto verstand die klare Botschaft, und er akzeptierte sie auch. Er mochte diesen Mann und er schätzte ihn. Vielleicht sogar mehr, als manchen treuen Kirchgänger, dessen Bekenntnisse weniger aus dem Herzen, denn aus dessen Hirn entstammten.

„Ich darf dann jetzt weitermachen", sagte Blunzen-Fritz und lenkte damit die Aufmerksamkeit aller wieder auf seine Person.

Kreuz-Otto nickte zum Zeichen seiner Zustimmung und zündete sich eine Zigarre an.

Marianne verteilte die Getränke auf dem Tisch und verließ danach den Raum, dicht gefolgt von einem strafenden Blick durch Kreuz-Otto.

„Also, hier nun mein Bericht. "

Blunzen-Fritz hatte sich auf seinen Auftritt wohl vorbereitet. Er war einer von zwei konkurrierenden Fleischhauern im Ort.

Genaugenommen waren sie keine echten Konkurrenten. Blunzen-Otto war für das „Unterdorf" zuständig und sein Kollege für das „Oberdorf".

Die Grenze zwischen beiden Ortsteilen – die Bezeichnungen waren keinesfalls von amtlicher Natur – verlief ziemlich genau beim Marktplatz.

Es lag am geografischen Charakter des Dorfes. Das „Oberdorf" lag etwa 10 bis 20 Meter ansteigend höher als das „Unterdorf".

Blunzen-Fritz war eine rechte Frohnatur. In seiner Begleitung befand sich ein furchteinflößender Rottweiler, um welchen die Kinder des Dorfes stets einen großen Bogen machten.

Da halfen auch die Beteuerungen von Blunzen-Fritz nicht, dass Hasso – so hieß das Vieh – nicht bösartig sei. Allein sein Name verhieß nichts Gutes.

Hätte er Friedhelm oder Gottfried geheißen, vielleicht wäre es dann anders gewesen. Aber, wer weiß das schon.

Die Ehefrau von Blunzen-Fritz war die perfekte Ergänzung zu ihm. Wenn sie im Laden unter der Woche

100 Gramm Aufschnitt mit der Schneidemaschine herrichtete – für den Sonntag auch schon einmal mit zwei Blatt gekochtem Schinken – dann glänzten ihre roten Wangen freudig.

Und wenn sie dann einem Kind, das die Mutter beim Einkauf begleitete, eine Scheibe Lyoner zum sofortigen Verzehr überreichte, dann glühten auch die Wangen des Kindes.

Blunzen-Fritz war auch zuständig für die Lieferung von Würsten für die örtlichen Festivitäten, wie die Veranstaltungen von Gesangverein und Feuerwehr.

Sein Kollege vom „Oberdorf" neidete ihm das nicht, besaß er doch – neben seinem Verkaufsladen – noch eine Gaststätte nebenan.

Doch nun wieder zurück zu dem Tätigkeitsbericht.

„Liebe Mitbrüder, für den vergangenen Monat kann ich leider keine Erfolgsmeldung vermelden."

Fiskus-Otto zuckte zusammen, als er diese Formulierung von Blunzen-Otto hörte. Fiskus-Otto war der Einzige, der das Gymnasium besucht hatte, und somit über einen gewissen Intellekt verfügte.

Er liebte die deutsche Sprache und er las sehr viel. Und wenn er dann diese Sprachverirrungen eines Mannes von schlichtem Gemüte, zu denen Blunzen-Fritz ohne Zweifel gehörte, ertragen musste, dann litt Fiskus-Otto.

Er hatte Blunzen-Fritz vor einiger Zeit angetragen, dessen Berichte vor dem Vortragen sprachlich und grammatikalisch kurz zu überfliegen, um allfällige Korrekturen vornehmen zu können, war jedoch auf heftigen Widerstand gestoßen.

Es dauerte Wochen, bis Blunzen-Fritz mit Fiskus-Otto wieder im Reinen war. Eine Flasche „Asbach-Uralt" hatte dabei wertvolle Dienste geleistet.

Ein Raunen ging durch die Anwesenden, nachdem Blunzen-Fritz diese niederschmetternde Botschaft verkündet hatte.

„*Das verstehe ich nicht*", meldete sich Benzin-Robert als Erster zu Wort. „*Wir hatten doch einen Kandidaten.*"

Blunzen-Fritz kratzte sich verlegen an seinem Kopf. Es war bisher noch nie vorgekommen, dass er eine solch deprimierende Botschaft verlautbaren musste.

„*Ich weiß*", begann Blunzen-Fritz seinen Erklärungsversuch, denn um einen solchen handelte sich augenscheinlich, „*es ist etwas dazwischengekommen.*"

„*Geht das auch etwas genauer?*"

Es war Rasiermesser-Karl, der nun seine Anwesenheit lautstark zu Gehör brachte.

Klein an Wuchs verfügte er erstaunlicherweise über ein bemerkenswertes Organ. Vielleicht lag es auch daran, dass er, zusammen mit Brezel-Wilhelm, Mitglied beim Männergesangverein war.

Und obwohl man es nicht vermuten hätten sollen, stand er ganz außen im Chor, dort wo die Bässe zuhause sind.

Rasiermesser-Karl war „Informatiker" der Bruderschaft und Vollstrecker in Personalunion.

Klatsch und Tratsch sind nun einmal die Würze im Friseurberuf, und zwischen Kaffee und „Frau im Spiegel"[1] lässt es sich herrlich plaudern.

Rasiermesser-Karl war für die Herren der Schöpfung zuständig, und seine Gattin – rein vom körperlichen Format gesehen, ihm nicht ebenbürtig – verwöhnte die weibliche Klientel.

Das hinderte ihn jedoch nicht daran, zwischen den beiden Welten hin- und herzuschweben und wohlgefällige Komplimente an übergewichtige Damen zu verteilen.

So wurde er immer wieder einmal Zeuge von interessanten Neuigkeiten, welche über die lieben Mitbürger in Umlauf gebracht wurden.

---

[1] Stellvertretend für alle Exponate der Regenbogenpresse

„Also, was ist jetzt?", setzte Rasiermesser-Karl ungeduldig nach, *„könntest du jetzt endlich einmal Licht ins Dunkel bringen, und uns sagen, was dazwischengekommen ist?"*

„Das ist nicht so einfach", wand sich Blunzen-Fritz gequält, *„es hat einfach nicht geklappt."*

„Himmel, Herrgott, Fritz! Würdest du die Güte haben und uns einfach nur sagen, was passiert ist bzw. was nicht passiert ist?"

Es war „his Masters voice", Kreuz-Otto, der sich vehement eingeschaltet hatte.

Nun ruhten alle Augen auf Blunzen-Fritz, der gerade begann heftig zu transpirieren.

„Drängt ihn doch nicht so. Er wird es uns schon sagen; nicht wahr Fritz?"

Brezel-Wilhelm sorgte mit seiner ruhigen Art und seiner sonoren Stimme dafür, dass sich die Wogen augenblicklich glätteten.

Blunzen-Fritz schickte einen dankbaren Blick zu Brezel-Wilhelm, welchen dieser mit einem leichten Kopfnicken entgegennahm.

„Der Kandidat hat sich rechtzeitig aus dem Staub gemacht."

Jetzt war die Katze aus dem Sack, und Blunzen-Fritz war sichtlich erleichtert darüber.

Die Bezeichnung „Kandidat" war die Verschlüsselung für eine „Persona non grata", also für einen Menschen, den die Brüderschaft so gar nicht mochte.

Es ging um Menschen, die sowohl sittlich als auch moralisch untragbar waren, die ein ungesühntes Verbrechen begangen hatten oder ganz einfach nicht in die dörfliche Gemeinschaft passten.

Ein solcher war ein gewisser Lieutenant Marcel Fumier, der Kandidat, um den es gerade ging. Er hatte Adelheid Schwarzbrot, die Tochter des Bürgermeisters geschwängert und ihr die Ehe verweigert.

Als Offizier und Mitglied der französischen Armee, welche in kleinen Gruppen noch im befreiten Land ansässig war, konnte man ihn nur schwerlich dazu zwingen, die Ehe mit einer befreiten Schwangeren einzugehen.

Die Vorstöße von Politik und Kirche - in Form von Bürgermeister und geistlichem Rat – beim Kommandanten der Franzosen verliefen alle ins Leere.

„Und was heißt das jetzt genau?", insistierte Rasiermesser-Karl weiter.

„Er ist nicht mehr da", antwortete Blunzen-Fritz kleinlaut.

„*Wie, nicht mehr da?*", wollte nun auch Benzin-Robert etwas genauer wissen.

„*Er ist nicht mehr im Land*", erwiderte Blunzen-Fritz.

Jetzt fühlte sich Kreuz-Otto in seiner Eigenschaft als Vorsitzender gefordert. Er erhob sich von seinem Stuhl, richtete sich in voller Größe auf und sagte:

„*Das geht so nicht, liebe Mitbrüder. Von einem Verantwortlichen für den Tätigkeitsbericht erwarte ich klare Ansagen und kein Herumgestottere.*"

Als Blunzen-Fritz das vernahm, verfiel er augenblicklich. Er fühlte, wie sich die Blicke seiner Mitbrüder auf ihm bündelten, und das schmerzte ihm in der Seele.

„*Ich schlage deshalb vor, Fritz von seinem Amt zu entheben und einen neuen Mann zu wählen. Ich bitte um Vorschläge.*"

Kreuz-Otto blickte erwartungsvoll in die Runde und wartete auf Wortmeldungen; aber es kamen keine.

Nach einer gefühlten Ewigkeit ergriff Brezel-Wilhelm das Wort. Er war der Einzige in der Runde, der den Mut hatte, Kreuz-Otto die Stirn zu bieten.

„*Ich sehe überhaupt keine Veranlassung, unserem Mitbruder Fritz sein Amt zu entziehen. Ich bin der*

Meinung, dass er bisher seiner Aufgabe immer gerecht geworden ist.

Und die Sache mit dem Franzmann[2] stellt nun einmal eine außergewöhnliche Situation dar.

Daher plädiere ich dafür, dass Fritz sein Amt behält, und ich bitte um Handzeichen, wer meiner Meinung ist."

Alle Anwesenden, außer Kreuz-Otto, hoben ihre Hand zum Zeichen der Zustimmung. Selbst Blunzen-Fritz riss spontan seine Hand in die Höhe.

Das Gesicht von Kreuz-Otto verfärbte sich augenblicklich. Hatte er schon von Haus aus – bedingt durch Übergewicht und Bluthochdruck - eine eher rötliche Gesichtsfarbe, so verwandelte sich diese gerade in ein üppiges dunkelrot.

Er setzte sich nieder und versuchte seine aus dem Takt gekommene Atmung wieder in geordnete Bahnen zu lenken.

Ein heftiger Kampf setzte ein, ob und wie er mit diesem Affront umzugehen habe, denn um einen solchen handelte es sich ja wohl.

---

[2] Despektierliche Bezeichnung für ein Mitglied des Französischen Volkes

„Dann wäre das ja geklärt", sagte Brezel-Wilhelm, wobei er ein aufkommen wollendes Lächeln nur mühsam unterdrücken konnte.

„Was meinst du, Otto?", wandte sich Brezel-Wilhelm an Kreuz-Otto. *„Können wir in dieser Sache noch irgendetwas tun? Hast du vielleicht eine gute Idee?"*

Kreuz-Otto nahm den Ball dankbar an, der ihm gerade von Brezel-Wilhelm zugeworfen worden war.

Hatte er sich gerade noch darüber ereifert, dass ihm Brezel-Wilhelm in die Parade gefahren war, so fühlte er im Geheimen Bewunderung für den Mann, der um einiges älter war als er selbst.

„Nun", begann er bedeutungsvoll zu referieren, *„die vorgesehene Tracht Prügel für den Franzmann können wir leider nicht mehr durchführen, weil der Schweinehund sich abgesetzt hat.*

Und gegen das Militär können wir schlecht etwas unternehmen, denn schließlich haben wir ja den Krieg verloren. Oder?"

Kreuz-Otto hatte diese Worte mit einem Lächeln begleitet, und dieses wurde von der Runde dankbar übernommen, vermochte es doch die Spannung, die noch vor wenigen Minuten unerträglich schien, mit einem Schlag zu lösen.

„Was können wir denn sonst machen?", fragte Sensen-Otto, der sich bislang eher zurückgehalten hatte.

Sein Interesse lag wahrscheinlich darin begründet, dass der zu erwartende Erdenbürger durchaus die Frucht seiner Lenden hätte sein können.

Es war ein offenes Geheimnis, dass Sensen-Otto der Dorf-Casanova war, was nicht zuletzt seinem guten Aussehen zu verdanken war.

Hätte Hollywood nicht schon längst einen Clark Gable gehabt, Sensen-Otto wäre der perfekte Ersatz für ihn gewesen.

„Ich weiß es nicht, Otto", antwortete Kreuz-Otto seinem Namensvetter, *„wir könnten sammeln und vielleicht einen Kinderwagen für die liebe Adelheid kaufen."*

„Das ist eine ganz wunderbare Idee von dir", jauchzte Blunzen-Fritz, um seine tiefe Bewunderung und Verbundenheit für Kreuz-Otto zu bekunden.

„Wollen wir vielleicht darüber abstimmen?", fragte Kreuz-Otto fürsorglich und Brezel-Wilhelm wehrte ab mit den Worten:

„Das ist überhaupt nicht nötig, Otto. Die Idee ist sehr gut und ich bin sicher, dass alle dafür sind."

Ein allgemeines, wohlwollendes Murmeln war der Beweis der Zustimmung, und Kreuz-Otto empfand seine Reputation als wieder vollkommen hergestellt.

„Kommen wir nun zu Punkt drei der Tagesordnung."

Mit diesen Worten nahm Kreuz-Otto seine Tätigkeit als Vorsitzender wieder auf.

„Aber zuvor möchte ich Blunzen-Fritz für seine Ausführungen danken."

Applaus brandete auf als Zeichen der Zustimmung und der Dankbarkeit, und Blunzen-Fritz fühlte einen kalten Schauer, der über seinen Rücken rann.

„Von unserem außerordentlichen Mitglied Sepp liegen Erhebungen für einen neuen Kandidaten vor.

Es geht um einen Zugereisten.[3] Er heißt Sieghard Momsen und ist Lehrer."

„Ist das die Berliner Schnauze?"[4], kam spontan der Zwischenruf von Rasiermesser-Karl.

Kreuz-Otto nickte und fuhr fort:

„Besagter Herr unterrichtet an der Berufsschule in der Kreisstadt und neigt zu körperlicher Züchtigung."

---

[3] Kein eingeborener Dorfbewohner
[4] Despektierliche Bezeichnung für einen Berliner

„Drecksau!"

Diese spontane, wenn auch etwas derbe Prädikatsbezeichnung kam von Sensen-Otto, dessen Sohn einer der leidenden Schüler unter dem Kandidaten war.

„Was hat Sepp über diesen Kerl herausgefunden?"

Sensen-Otto war neben seiner Tätigkeit als Gastronom - das Wort hatte er irgendwann einmal gelesen und Gefallen daran gefunden – auch Betreiber einer kleinen Landwirtschaft.

Einiges Ackerland, auf welchem er Getreide und Rüben anbaute und ein paar Schweine im Stall nahmen ihn die meiste Zeit über in Beschlag.

Das Gasthaus als solches fiel daher völlig in den Aufgabenbereich von seiner schönen Frau Marianne.

Und wenn Sensen-Otto am Abend von seiner Feldarbeit nach Hause kam, dann kümmerte er sich um den Stammtisch, um dort über sein arbeitsreiches Leben zu lamentieren und über die Regierung zu schimpfen.

Oskar, der sechzehnjährige Sohn von Sensen-Otto und Marianne war mit einem aufmüpfigen Charakter gesegnet.

Die Vermutung lag nahe, dass er diesen von seiner Großmutter mütterlicherseits geerbt hatte. Diese Frau hatte so viele Haare auf ihren Zähnen, dass man locker einen Zopf davon hätte flechten können.

Es war daher nicht von ungefähr, dass Oskar der Liebling seiner Großmutter war. Von ihr hatte er wohl auch den Floh ins Ohr gepflanzt bekommen, sich dem Wunsch des Vaters nicht zu beugen, was die Fortsetzung seines Lebenswerkes anging.

Gastronomie, respektive Vieh- und Landwirtschaft war so überhaupt nicht das Ding von Oskar. Sein Interessensgebiet lag mehr bei schnellen Autos und deren Inhalt.

Oskar begann eine Lehre als Kfz-Mechaniker bei Benzin-Robert, genauer gesagt in dessen Werkstatt.

Das bedingte allerdings auch den Besuch der Berufsschule in der Kreisstadt und hatte das Aufeinandertreffen mit Sieghard Momsen zur Folge.

Das lose Mundwerk des jungen Wilden war dem Siegi aus Berlin ein rechter Dorn im Auge. Und irgendwann führte es dazu, dass dem Herrn Lehrer die Hand ausrutschte und Oskar sich eine gewaltige Ohrfeige einfing.

Marianne hatte damals viel Überredungskunst gebraucht, um Sensen-Otto vor einer Dummheit zu bewahren.

Sein Bestreben, die Angelegenheit – Mann gegen Mann – auszutragen, hätte unabsehbare Folgen gehabt.

Sensen-Otto ließ sich nur davon abbringen, weil er die Bruderschaft in seinem Rücken wusste, welche die nötigen Maßnahmen schon ergreifen würde.

„Leider nicht sehr viel", antwortete Kreuz-Otto auf die Frage von Sensen-Otto.

„Da kann ich vielleicht weiterhelfen", meldete sich nun Fiskus-Otto, worauf Kreuz-Otto erstaunt fragte:

„Wie das denn? "

„Ich kann ganz gut mit dem Landgerichtspräsidenten, Dr. Kiesel in der Kreisstadt. "

Ein allfälliges Raunen erfüllte den kleinen Nebenraum der Gaststätte. Fiskus-Otto badete sich in den bewundernden Blicken seiner Mitbrüder und fuhr fort:

„Der Kerl ist in Berlin schon ausfällig geworden, und er hatte dort schon einige Disziplinarverfahren an der Backe. "

„Und deswegen hat man ihn zu uns geschickt? ", fragte Rasiermesser-Karl entrüstet.

„Ist wohl eine Art Strafversetzung", antwortete Fiskus-Otto, *„und wie es aussieht, hat er das Beste daraus gemacht. "*

„Wie meinst du das?", fragte Blunzen-Fritz, und Fiskus-Otto antwortete:

„Der feine Herr ist inzwischen Vorsitzender des Ruderklubs, und er trifft sich regelmäßig mit anderen Honoratioren zum Stammtisch."

„Was sind das für Leute, diese Honoratioren oder wie die heißen?", fragte Blunzen-Fritz.

„Honoratioren ist ein anderes Wort für „feine Pinkel", erweiterte Fiskus-Otto den geistigen Horizont von Blunzen-Fritz.

„Warum sagst du nicht gleich <feine Pinkel> und nicht dieses blöde Wort, das keiner kennt", sagte Blunzen-Fritz gereizt und eröffnete damit die Auferstehung ihrer alten Rivalität.

Bevor Fiskus-Otto den Fehde-Handschuh aufnehmen konnte, stellte Sensen-Otto eine ihm wichtige Frage:

„Und wo bitteschön findet dieser Stammtisch statt? Bei mir ganz sicher nicht; das wüsste ich nämlich."

„In der Kreisstadt", antwortete Fiskus-Otto.

„So eine Drecksau!"

Sensen-Otto bemühte ein zweites Mal dieses kräftige Schimpfwort, um sein erhitztes Gemüt damit auszulüften.

„Wer sind eigentlich die anderen Honoratioren, ich meine natürlich <feinen Pinkel>?", fragte Rasiermesser-Karl, dem der Ausdruck „Honoratioren" durchaus ein Begriff war.

Ein jahrzehntelanges Studium „Frau im Spiegel" vermochte eine höhere Schulbildung durchaus zu ersetzen.

Fiskus-Otto zierte sich zunächst mit einer Antwort, war doch auch an ihn die Einladung ergangen, sich dem Stammtisch anzuschließen, was er aber damals vehement abgelehnt hatte.

„Nun, das sind unser Bürgermeister, der Bezirksschornsteinfegermeister Hartmann und Herr Waldherr, der Inhaber des Textilgeschäfts, unweit von hier."

„Waaas?"

Das nackte Entsetzen lag in diesem Aufschrei. Es kam von Rasiermesser-Karl.

„Das sind ja alles unsere Leute."

„Nicht ganz", widersprach Fiskus-Otto, *„außer unserem Bürgermeister sind alle anderen Zugereiste."*

„Das ist ja ungeheuerlich", ereiferte sich Sensen-Otto, *„und dass der Bürgermeister da auch mitmacht, das hätte ich nicht erwartet. Vaterlandsverräter."*

„Jetzt mach aber einmal halblang, Otto", versuchte Benzin-Robert zu beschwichtigen, was jedoch total nach hinten losging.

„Hast du Angst, diese Schnösel lassen ihre Autos nicht mehr bei dir reparieren oder kaufen ihren Sprit woanders?", polterte Sensen-Otto drauflos.

„Meine Herren! Bitte!"

Kreuz-Otto, in seiner Eigenschaft als Vorsitzender, versuchte die Wogen wieder zu glätten. Er bewegte sich dabei auf sehr dünnem Eis, war er ja selber aus dem Schwarzwald hierher versetz worden.

„Wenden wir uns doch bitte wieder dem eigentlichen Zweck unserer Zusammenkunft zu."

Als das nicht die gewünschte Wirkung zeigte, sagte Kreuz-Otto zu seinem Namensvetter:

„Bitte doch deine liebe Frau, sie möge uns eine Runde Schnaps bringen. Die geht dann auf mich."

Es ist unergründlich, warum ein solches Argument mehr Überzeugungskraft besitzt als das gesprochene Wort. Aber es zeigte sich einmal mehr, dass es funktionierte.

Marianne brachte die gewünschte Bestellung, und als die Gläser geleert waren, schloss sich Fiskus-Otto an, indem er eine weitere Runde orderte.

Er musste dabei an die Tatsache denken, dass der allzeit geschätzte Bürgermeister das Licht der Welt ganz woanders erblickt hatte, und dass er, so gesehen, keineswegs ein Einheimischer war.

Aber die vielen Jahre seiner Anwesenheit und seiner guten Arbeit hatte das wohl in den Köpfen der echten Einheimischen verdrängt.

„Ich darf dann wieder einmal an eure Aufmerksamkeit appellieren."

Mit diesen Worten führte Kreuz-Otto seine Mitbrüder zur Tagesordnung zurück.

„Gibt es Vorschläge, wie wir mit dem Kandidaten umgehen sollen?"

Kreuz-Otto blickte erwartungsvoll in die Runde.

Als Erster meldete sich Sensen-Otto zu Wort, was nicht wirklich verwunderlich war, denn seine Wut gegen den Kandidaten war von ungeheurem Ausmaß.

„Sein Auto anzünden und eine ordentliche Tracht Prügel."

„Das ist doch Blödsinn, Otto", widersprach Benzin-Robert augenblicklich, für den ein Auto etwas Schönes, ja schon fast Anbetungswürdiges darstellte.

„Du hast wohl Angst einen Kunden zu verlieren", konterte Sensen-Otto giftig.

„Geht das schon wieder los", brummte Fiskus-Otto leise vor sich hin.

„So kommen wir doch nicht weiter, Männer", mahnte der Vorsitzende und bat um mehr Sachlichkeit.

Und dann meldete sich Blunzen-Fritz zu Wort, mit einem revolutionären Vorschlag:

„Wir sorgen dafür, dass er seinen Führerschein verliert."

Allgemeines Erstaunen erfasste die Gruppe.

„Und kannst du uns auch sagen, wie das gehen soll?"

Rasiermesser-Karl war der Erste, der sich dem Gedanken vorsichtig näherte.

„Wir müssen nur dafür sorgen, dass er betrunken Auto fährt."

„Das weiß ich auch, du Schlaumeier", entgegnete Rasiermesser-Karl, *„aber das beantwortet meine Frage nicht."*

„Und wann und wo soll das stattfinden?", schloss sich nun Brezel-Wilhelm den beiden Diskutanten an.

„Bei der Ruderregatta, die demnächst stattfinden wird", antwortete Blunzen-Fritz.

„Aha..."

Damit kam die Diskussion zunächst einmal zum Stillstand. Aufsteigender Rauch über den Köpfen der Anwesenden kündete von intensivem Nachdenken ob dieser Idee.

„Ich finde die Idee gar nicht einmal so schlecht", fachte Fiskus-Otto die Diskussion erneut an. *„Die Art der Durchführung scheint mir jedoch das eigentliche Problem zu sein."*

„Das finde ich nicht", erwiderte Blunzen-Fritz mit einem süffisanten Lächeln in seinem runden Gesicht.

„Soll das heißen, du hast schon eine Idee?", fragte Sensen-Otto hoffnungsvoll.

Blunzen-Fritz schaute jeden seiner Mitbrüder an, immer noch mit seinem süffisanten Lächeln im Gesicht.

„Habe ich", sagte er, und sein Lächeln nahm noch mehr zu.

„Aber da müssen mehrere Personen mitspielen, sonst wird das nichts", fügte Blunzen-Fritz hinzu und ließ seinen Blick dabei von Bruder zu Bruder weiterwandern.

„Wir sind alle dabei", sagte Sensen-Otto euphorisch, *„das ist doch wohl klar, oder?"*

Nun war er es, der seinen Blick von Bruder zu Bruder wandern ließ. Ein kollektives Kopfnicken bejahte seine Anfrage.

„Jetzt sag schon, wie du das anstellen willst", drängte Rasiermesser-Karl, und dann unterbreitete Blunzen-Fritz seinen aberwitzigen Plan, wie man die „Berliner Schnauze" bestrafen könnte.

„Dein Schwager ist doch der Amtsarzt", wandte sich Blunzen-Fritz an Fiskus-Otto, was dieser auch bejahte.

„Der ist nämlich der wichtigste Teil dabei", fuhr Blunzen-Fritz fort.

„Wieso", wollte Fiskus-Otto wissen, wurde aber mit der Antwort auf später vertröstet.

„Ein weiterer wichtiger Teil ist unser Sepp. Den brauchen wir unbedingt dazu."

„Muss das sein?", fragte Sensen-Otto, der zwar sein Bier gern an Moped-Sepp verkaufte, und das in beträchtlichen Mengen, aber sonst nicht sehr viel von dem Mann hielt.

„Ohne ihn geht es nicht", antwortete Blunzen-Fritz, und wischte damit die Bedenken von Sensen-Otto vom Tisch.

Es folgte eine Phase der inneren Einkehr, um die Gedanken zu ordnen, gestützt von mehreren Schlucken aus Wein- und Biergläsern.

„Wie genau soll das ablaufen? "

Mit diesen Worten beendete Kreuz-Otto die Kontemplation.

„Ich habe mir das so vorgestellt", begann Blunzen-Fritz mit der Unterbreitung seines Plans, dessen Umsetzung nur wenige Wochen später stattfand.

*****

Herrlicher Sonnenschein hatte die Bevölkerung zur alljährlichen Ruderregatta eingeladen, und mehrere befreundete Ruderklubs hatten ihre Teilnahme zugesagt.

Die Wiesen entlang des Flusses waren von Blechlawinen überdeckt und im großen Festzelt herrschte eine schwüle, drückende Hitze. Es war das perfekte Bierwetter.

Einer stach aus der Menge der Besucher und Sportler besonders heraus: Weiße, lange Hose mit messerscharfer Bügelfalte, dunkelblauer Blazer mit einem stilisierten Anker auf der Brusttasche, und schwarze Prinz-Heinrich-Mütze.

Es war kein Geringerer als der Präsident des Ruder- und Kanuvereins, Sieghard Momsen. Sein outriertes[5] Auftreten wurde von einer unangenehm lauten Stimme begleitet, die ein wenig an den Befehlston eines ehemaligen Wehrmachtoffiziers erinnerte.

Fast die gesamte „Bruderschaft der Gerechtigkeit" war ebenfalls zugegen. Blunzen-Fritz und Brezel-Wilhelm, schon allein berufsbedingt. Sie lieferten Würstchen und Brötchen. Und Benzin-Robert musste in seiner Eigenschaft als Kommandant der „Freiwilligen Feuerwehr" zugegen sein.

Rasiermesser-Karl und Brezel-Wilhelm nahmen zudem als Mitglieder des Männergesangvereins an dem Fest teil, weil dieser mit seinem erhebenden Gesang seinen willkommenen Beitrag leistete.

Lediglich Fiskus-Otto war rein als Zuschauer unterwegs. Er saß am Tisch der Honoratioren, jedoch nicht aus freien Stücken, denn ihm kam eine wichtige Aufgabe zu.

Er sollte den Kandidaten zum vermehrten Alkoholkonsum verleiten. Eine Aufgabe, die Fiskus-Otto nicht so richtig mochte, die aber von immenser Wichtigkeit war.

Der Einzige, der fehlte, war Sensen-Otto. Da sein Gasthaus geöffnet war, und weil mit erhöhtem An-

---

[5] Aus dem Französischen outrer = aufbauschen, aufplustern

drang zu rechnen war, musste er hinter der Theke stehen.

In Anbetracht seines Hasspotenzials schien dies äußerst sinnvoll zu sein. Wer weiß, wie der sich dem Kandidaten gegenüber verhalten hätte, wäre er dessen im Verlauf des Festes habhaft geworden.

Einige Biere, dem Durst der großen Hitze geschuldet, in Verbindung mit seinem überschäumenden Temperament, hätten durchaus Zündstoff für eine gewaltige Explosion bilden können.

Als die offiziellen Wettbewerbe und die damit verbundenen Siegerehrungen abgeschlossen waren, fand man endlich Gelegenheit für mehr Geselligkeit.

Am Tisch der Honoratioren befanden sich – neben den üblich Verdächtigen – auch noch der Herr Landrat, der geistliche Rat der Katholen und Kreuz-Otto in seiner Eigenschaft als Hirte der Evangelen.

Ein munteres Schwadronieren zum Klang der Bierkrüge, die immer wieder zum Anstoßen erhoben wurden, gemischt mit den flotten Weisen der Feuerwehrkapelle, ließen den „gute Laune-Pegel" rapid ansteigen.

Die brütende Hitze und der Alkohol vollbrachten ihr zerstörerisches Werk und so mancher Besucher entleerte hinter dem Festzelt seinen Mageninhalt.

Als die Nacht hereinbrach, wurde auf der Burg über dem Fluss ein Brillantfeuerwerk gezündet, das allergrößte Begeisterung bei der Bevölkerung hervorrief.

Es war um die mitternächtliche Stunde, als sich der Honoratioren-Tisch allmählich zu lichten begann.

Voran der Herr Landrat, dann die hohe Geistlichkeit und ziemlich am Ende auch der Kandidat.

Jetzt kam der Auftritt von Fiskus-Otto.

„Verehrter Freund", begann Fiskus-Otto, *„ich hätte eine große Bitte an Sie."*

„Siegi für dich, mein Lieber", erwiderte der Kandidat, *„du vergisst, dass wir Brüderschaft getrunken haben."*

Fiskus-Otto erinnerte sich sehr wohl daran, wenn auch nur sehr ungern.

„Was möchtest du denn, Otto?", fragte der Kandidat.

„Wie du weißt, wohne ich ja ganz am anderen Ende des Dorfes", begann Fiskus-Otto seine Bitte vorzutragen, *„und da meine Gattin schon vor Stunden das Fest verlassen hat, weiß ich nicht, wie ich jetzt nach Hause kommen soll."*

„Das ist doch überhaupt kein Problem, Otto", sagte der Kandidat mit einem breiten Grinsen, *„ich werde*

dich selbstverständlich nach Hause fahren. Schließ-
lich sind wir doch Kameraden."

Schon allein das Wort „Kameraden" zeugte von der militärischen Vergangenheit des Kandidaten und widerstrebte Otto über die Maßen.

Er hatte selbst den Krieg als Soldat mitgemacht, aber es käme ihm nie in den Sinn einen anderen Menschen als „Kameraden" zu bezeichnen.

Und dennoch fühlte sich Otto gerade etwas unwohl. Die Selbstverständlichkeit, mit welcher – der ihm an und für sich fremde Mann – seine Hilfe anbot, legte sich quer auf Ottos Gemüt.

„Dann lass uns fahren", sagte der Kandidat und strebte mit leicht unsicherem Schritt seinem Auto zu.

Sie waren nur wenige Minuten gefahren, als sie von einer Polizeistreife angehalten wurden.

„Guten Abend, Fahrzeugkontrolle. Die Papiere und Führerschein bitte!"

Das Gesicht des Polizeibeamten, das zum Fenster auf der Fahrerseite hereinblickte, gehörte Moped-Sepp.

Polizeiobermeister Ziegler, wie Sepp mit vollständigem Namen hieß, studierte akribisch die Papiere und wandte sich dann dem Kandidaten mit der alles vernichtenden Frage zu:

„Haben Sie Alkohol getrunken?"

„Ist der Papst katholisch?", erwiderte der Kandidat lachend und fügte dann noch hinzu:

„Wissen Sie überhaupt, wer ich bin?"

Das hätte der Kandidat nicht tun sollen, denn jetzt lief Moped-Sepp zur Hochform auf.

„Sie sind ein betrunkener Autofahrer, der glaubt, er wäre besonders lustig."

Das wiederum reizte den Kandidaten zu einer provokanten Bemerkung:

„Haben Sie gedient, guter Mann? Ich habe gedient. Ich bin Major der Reserve Sieghard Momsen, und ich erwarte mir etwas mehr Respekt, Sie grüner Zwerg."

Damit sprach der Kandidat offenkundig auf die zugegebenermaßen geringe Körpergröße von Moped-Sepp an.

„Das kommt Ihnen teuer zu stehen", bewegte sich nun Moped-Sepp in einer grammatikalischen Grauzone, *„das ist Beamtenbeleidigung, und Ihr Mitfahrer wird das bestätigen."*

„Sie können mich kreuzweise, Sie Pappkamerad", schaufelte sich nun der Kandidat sein eigenes Grab, und Moped-Sepp war schon knapp davor, nach seiner Dienstwaffe zu greifen.

Der zweite Polizeibeamte, ein Mann namens Hüttler, setzte unmittelbar mit einer Deeskalationsmaßnahme ein, indem er Moped-Sepp zur Seite schob und den Kandidaten aufforderte, er möge sofort aus dem Fahrzeug steigen.

Besagter Kollege war - im Gegensatz zu Moped-Sepp – von hünenhafter Gestalt und im Besitz einer kräftigen Stimme.

Das genügte, um den Kandidaten etwas gefügiger zu machen. Er stieg aus und seine Gegenwehr, als er zu einem Alkoholtest aufgefordert wurde, hielt sich doch sehr in Grenzen.

„Sie liegen deutlich über dem erlaubten Maß des Alkoholgehaltes in Ihrem Blut und wir werden Sie daher jetzt zum Amtsarzt bringen, um eine Blutentnahme vornehmen zu lassen."

Die Klarheit der Ansage durch den Polizeibeamten brach den Restwiderstand des Kandidaten, und er ließ sich willig zum Polizeifahrzeug führen.

Moped-Sepp fuhr das Fahrzeug des Kandidaten ganz an die Seite der Straße und flüsterte Fiskus-Otto leise zu:

„Es hat funktioniert. Jetzt haben wir den Hund."

Und mit laut vernehmbarer Stimme fügte er hinzu:

„Und Sie kommen mit auf die Wache, um das Protokoll zu unterschreiben."

Fiskus-Otto konnte die Freude von Moped-Sepp nicht teilen. Irgendwie war das Ganze eine recht seltsame Angelegenheit.

Der Rest war dann nur noch ein Kinderspiel.

Der Amtsarzt, ein gewisser Herr Dr. Schreiner und seines Zeichens der Schwager von Fiskus-Otto hatte schon auf die kleine Gruppe gewartet.

Er entnahm dem Sünder Blut und trug das Ergebnis in die Akten ein. Dabei musste ihm ein kleiner Fehler unterlaufen sein, denn der Wert lag etwas höher als das tatsächliche Ergebnis.

Es war jedoch gerade so viel, dass damit der Führerscheinentzug für den Kandidaten gewährleistet war.

Hinzu kam noch der Tatbestand der Beamtenbeleidigung, bestätigt durch die Aussage des Zeugen Otto Erlensee, dem Beifahrer in jener verhängnisvollen Nacht.

Eine damit einhergehende, saftige Geldstrafe rundete den gelungenen Coup der Bruderschaft zu derer vollsten Zufriedenheit ab.

*****

Als die Brüder einen halben Monat später zu einer außerordentlichen Sitzung wieder zusammenkamen, hatte sich seither einiges ereignet.

In der regionalen Tageszeitung war – am übernächsten Tag nach der Ruderregatta – ein Artikel erschienen, der einigen Personen doch recht an die Nieren ging.

Darin war die Rede von einem Herrn M., der in betrunkenem Zustand Auto gefahren war und einen Polizeibeamten auf die übelste Weise beschimpft hatte.

Und obwohl der Name nicht vollständig erwähnt worden war und obwohl kein Bild zu sehen war, wusste doch jeder, wer damit gemeint war.

Dafür hatte der Dorftratsch schon in ausreichendem Maße gesorgt.

Und schon kurz darauf erschien ein weiterer Artikel, dieses Mal mit Bild, in welchem stand, dass der beliebte Lehrer und Präsident des Ruder- und Kanuvereins, Sieghard Momsen, aus gesundheitlichen Gründen vorzeitig in den Ruhestand versetzt wurde und wieder zurück nach Berlin, in seine alte Heimat gezogen war.

Diese Nachricht wurde von den Mitgliedern der „Bruderschaft für Gerechtigkeit" ausgiebig gefeiert. Einziger Tagespunkt war die Nachbesprechung zum Fall „Kandidat Sieghard Momsen".

Und dieses Mal war auch Moped-Sepp von Anfang an bei der Sitzung mit anwesend.

Kreuz-Otto begrüßte die Brüder und dankte für ihr vollzähliges Erscheinen.

„Es ist mir eine ganz besondere Freude, dass wir – im Gegensatz zu unserer letzten Zusammenkunft – dieses Mal ein Erfolgserlebnis feiern können.

Dass dieses Unternehmen ein durchschlagender Erfolg war, verdanken wir mehreren Brüdern:

Blunzen-Fritz für die zündende Idee,
Fiskus-Otto für seine guten Beziehungen und die wichtige Aussage bei der Polizei,
und unserem lieben Moped-Sepp für seinen hervorragenden Einsatz.

Tosender Applaus setzte ein, begleitet von einem kräftigen Schulterklopfen für die genannten Personen.

Sensen-Otto hatte Tränen in den Augen, fühlte er in diesem Augenblick doch eine ungeheure Genugtuung für das begangene Unrecht an seinem Sprössling.

Er stand auf, um seinen Gefühlen Gehör zu verschaffen.

„Liebe Mitbrüder", begann er, und er schämte sich seiner Tränen nicht, die ihm in diesem Augenblick über die Wangen rannen.

„Ihr wisst, wie sehr ich und Oskar durch diesen Saukerl gelitten haben und wie sehr ich auf Rache aus war", fuhr Sensen-Otto fort, *„aber ihr habt es möglich gemacht, und dafür danke ich euch."*

Applaus setzte ein. Sensen-Otto winkte ab und sagte dann:

„Ihr habt uns gerächt, und ich muss sagen, ich hätte nicht gedacht, dass Rache so gut schmeckt."

„Rache schmeckt bekanntlich besser als Blutwurst."

Dieser oft zitierte, minimal geistreiche Spruch, von dem niemand so recht weiß, aus wessen Hirn er entsprungen ist, kam von Moped-Sepp.

Was Sensen-Otto normalerweise die Stirn in Falten gelegt hätte, führte heute zu einem huldvollen Lächeln in Sensen-Ottos Gesicht.

Moped-Sepp war ja doch maßgeblich am Erfolg des Unternehmens beteiligt.

„Genauso ist es Sepp", entgegnete Sensen-Otto, was wiederum ein dankbares Lächeln in das Gesicht des wackeren Polizeibeamten zauberte.

Gerade wollte Kreuz-Otto wieder das Wort ergreifen, als ihn Sensen-Otto zurückhielt.

„Eine Sache noch, Otto", sagte Sensen-Otto zu seinem Namensvetter, und was er dann sagte, war eine überdimensional große Überraschung aus dem Munde eines notorischen Geizhalses:

„Wir haben frisch geschlachtet. Es gibt Schlachtplatte für alle und Freibier, als Zeichen meiner Dankbarkeit."

Ein unbeschreiblicher Jubel brandete auf, und wenig später bog sich der Tisch unter der Last von Sauerkraut, Knödeln, Fleisch, Leberwürsten und Blunzen.

*****

Friedrich Wilhelm Treskau war Versicherungsvertreter, der Schwager von Brezel-Wilhelm und ein charakterliches Schwein.

Dem Namen nach aus dem Märkischen stammend, hatte ihn der Krieg hierher verschlagen. Brezel-Wilhelm hatte Treskaus Schwester geehelicht und war somit mit ihm in Verwandtschaft geraten.

Was ungeheuerlich war und per Zufall der „Bruderschaft für Gerechtigkeit" zugetragen wurde, verdankte diese dem Neffen von Fiskus-Otto, der eine Lehre bei der Sparkasse in der Kreisstadt absolvierte.

Es gab ein Girokonto bei der Bank, das auf den Namen „Ehemalige Angehörige der Waffen-SS" lautete. Und der Bevollmächtigte für dieses abstruse Konto hieß Friedrich Wilhelm Treskau.

Auf diesem Konto gingen regelmäßig Zahlungen in Form von sogenannten Mitgliedsbeiträgen ein. Und das waren nicht gerade wenige.

Wenn man das liest, dann ist man geneigt, es als „blanken Unsinn" zu apostrophieren; aber leider entspricht es der Wahrheit.

Das Entsetzen war riesengroß, als diese Tatsache bei den Brüdern publik geworden war. Brezel-Wilhelm sah sich großen Anfeindungen ausgesetzt, weil man ihm vorwarf, dass er der Bruderschaft diese verabscheuungswürdige Tatsache verschwiegen hatte.

„Das wusste ich doch nicht", so die Erklärung von Brezel-Wilhelm, *„er ist zwar mein Schwager; aber wir sehen uns so gut wie nie. Ich mag diesen arroganten Kerl nicht."*

Die Brüder glaubten und verziehen Brezel-Wilhelm die Tat. Welche er – im Grunde genommen – ja auch nicht wirklich begangen hatte.

Auf jeden Fall machte das Wissen um diesen schrecklichen Mitbürger selbigen zu einem Kandidaten 1. Klasse.

****

*„Ich begrüße die werten Mitglieder zu unserer all-
monatlichen Sitzung und bitte Fiskus-Otto um Verlesung der Tagesordnung."*

Fiskus-Otto erhob sich und bedankte sich beim
Vorsitzenden, Kreuz-Otto für die Erteilung des Wortes und begann mit der Verlesung der Tagesordnung:

1. Feststellung der Vollzähligkeit.
2. Tätigkeitsbericht des rückliegenden Monats.
3. Besprechung zu den vorliegenden Erhebungen,
   durchgeführt von unserem außerordentlichen
   Mitglied Moped-Sepp.
4. Allfälliges

Danach stellte er die Vollzähligkeit der Gemeinschaft fest und ging danach direkt zu Punkt 2 der Tagesordnung über. Er bat Blunzen-Fritz um die Verlesung des Tätigkeitsberichtes.

„Meine lieben Mitbrüder", begann Blunzen-Fritz,
*„mein Bericht fällt heute besonders kurz aus, weil wir
ja schon bei unserer außerordentlichen Sitzung das
Thema zünftig abgearbeitet haben."*

Das aufkommende Gelächter erinnerte freudig an
die Schlachtplatten-Orgie, zu welcher Sensen-Otto
seine Mitbrüder eingeladen hatte.

*„An dieser Stelle noch einmal unseren ganz herzli-
chen Dank an Sensen-Otto und seine liebe Frau Marianne."*

Der aufbrandende Applaus machte Sensen-Otto fast ein wenig verlegen.

Kreuz-Otto erhob sich und bat um Ruhe. Dann wandte er sich Punkt 3 der Tagesordnung zu, nämlich zu den Erhebungen für den aktuellen Kandidaten.

„Liebe Freunde, es ist ungeheuerlich, dass wir uns heute mit einem Kandidaten befassen müssen, den es gar nicht geben sollte.

Wir haben alle, wie wir hier sitzen, unseren Dienst für das Vaterland geleistet, und wir waren aufrechte Soldaten und keine menschenverachtenden Schlächter wie das Lumpenpack bei der SS.

Einer dieser Schlächter lebt mitten unter uns, und das ist eine Schande. "

Applaus vermischte sich mit Bravo-Rufen.

Kreuz-Otto bat wiederholt um Ruhe und fuhr fort:

„Es handelt sich um einen gewissen Friedrich Wilhelm Treskau, einen Zugereisten, der sich scheinbar hier bei uns – nach dem Krieg – versteckt hat.

Er hat seinen Kopf so lange eingezogen, bis die Besatzer abgezogen waren. Danach hat er ihn weit herausgestreckt und verspottet anständige Bürger.

Er bekennt sich offen zu seiner verbrecherischen Vergangenheit und hat einen Verein für ehemalige Angehörige der Waffen-SS gegründet.

Ich frage euch, wie kann das möglich sein, dass so ein Schwein mitten unter uns lebt?"

Brezel-Wilhelm hatte die ganze Zeit über vor sich hingestarrt. Es war ihm sichtlich unangenehm, dass der Kandidat sein Schwager war.

„Unser Mitgefühl gehört Brezel-Wilhelm, weil er der Schwager von diesem Monster ist. Aber wie heißt es so schön: <seine Verwandtschaft kann man sich nicht aussuchen>, stimmt`s Wilhelm?"

Als Brezel-Wilhelm das hörte, und als ihm Rasier-messer-Karl freundschaftlich auf die Schulter klopfte, war er den Tränen nahe.

„Es tut mir leid", sagte Brezel-Wilhelm, *„und wenn ihr wollt, dann trete ich aus der Gemeinschaft aus."*

Ein heftiges Stimmengewirr setzte ein als Zeichen der Empörung über diesen Vorschlag.

Kreuz-Otto bat ein weiteres Mal um Ruhe, um da-nach zu sagen:

„Das kommt überhaupt nicht in Frage, lieber Wil-helm, du bist und bleibst einer von uns!"

Applaus setzte ein, und eine kleine Träne benetzte das Gesicht von Brezel-Wilhelm.

„Ihr seid wahre Freunde", presste er mühsam hervor und ließ seinen Blick voller Dankbarkeit in der Runde kreisen.

„Aber nun wieder zurück zu unserem Kandidaten", sagte Kreuz-Otto und bat um Vorschläge.

„Kann man dagegen nicht gerichtlich vorgehen?", fragte Blunzen-Fritz.

„Leider nein", antwortete Fiskus-Otto, *„ich habe mich schon erkundigt."*

„Es ist eine Riesensauerei", sagte Benzin-Robert, *„dass solche Leute ungestraft mit ihrer Vergangenheit hausieren können."*

„Und deshalb sind wir da", sagte Rasiermesser-Karl, *„wir werden für Gerechtigkeit sorgen."*

„Die Frage ist nur - wie?", warf Sensen-Otto ein.

Es folgte kollektives Schweigen.

„Wenn ich einen Vorschlag machen dürfte", unterbrach Brezel-Wilhelm die Stille.

„Aber ja, Wilhelm", erwiderte Kreuz-Otto, und Brezel-Wilhelm sagte:

„*Ich wäre dafür, dass wir uns in einer Woche wieder hier versammeln. Und in der Zwischenzeit kann sich jeder Gedanken darüber machen, was zu tun ist.*"

„*Das ist eine sehr gute Idee, Wilhelm*", erwiderte Kreuz-Otto, „*und genauso machen wir das auch.*"

Die Bruderschaft saß noch eine Weile zusammen, und als das letzte Glas geleert war, ging man zufrieden und hoffnungsfroh auseinander.

*****

„*Ich begrüße die werten Mitglieder zu einer außerordentlichen Sitzung und bitte Fiskus-Otto um Verlesung der Tagesordnung.*"

Fiskus-Otto erhob sich und bedankte sich wie gewohnt beim Vorsitzenden, Kreuz-Otto für die Erteilung des Wortes und begann mit der Verlesung der Tagesordnung:

1. Feststellung der Vollzähligkeit.
2. Einziger Tagespunkt: Kandidat Friedrich Wilhelm Treskau

„*Da ich zweifelsfrei feststellen konnte, dass alle Mitglieder anwesend sind, möchte ich jetzt direkt zu Punkt 2 der Tagesordnung übergehen.*"

Der Vorsitzende hatte – entgegen dem sonst üblichen Protokoll – das Wort an sich genommen.

Als er fortfahren wollte, erhob Brezel-Wilhelm seine Hand und sagte:

„Ich bitte ums Wort."

Dieser außergewöhnliche Vorfall rief einiges Erstaunen bei den Anwesenden hervor. Brezel-Wilhelm war stets der Mann im Hintergrund gewesen und hatte sich bei allen bisherigen Sitzungen stets mit zuhören begnügt.

„Ich erteile Wilhelm das Wort", sagte Kreuz-Otto und nahm wieder Platz.

Brezel-Wilhelm stand auf und schwenkte ein Blatt Papier hin und her.

Alle starrten verwundert zu Brezel-Wilhelm, nur Sensen-Otto und Benzin-Robert nicht. Sie lächelten.

„Was ist das?", fragte Rasiermesser-Karl aufgeregt, und Brezel-Wilhelm antwortete:

„Das ist die Lösung für unser Problem."

Es wurde plötzlich still im Raum. Erwartungsvolle Blicke hingen an den Lippen von Brezel-Wilhelm, der seinen Auftritt sichtlich genoss.

„Jetzt mach es doch nicht so spannend, Wilhelm", sagte Kreuz-Otto beinahe flehentlich, *„und lass die Katze aus dem Sack."*

„Das ist ein Schreiben der Firma <SUV>[6], das ich euch jetzt vorlesen werde", antwortete Brezel-Wilhelm.

„Was ist das?", fragte Rasiermesser-Karl.

„Das ist der Arbeitgeber unseres Kandidaten", erwiderte Brezel-Wilhelm.

„Und, was ist damit?", bohrte Rasiermesser-Karl weiter.

„Jetzt lass ihn doch einmal vorlesen und quatsch nicht immer dazwischen", kam die Ermahnung durch Kreuz-Otto in harschem Ton.

Rasiermesser-Karl machte sich noch kleiner, als er eh schon war und zog sich schmollend in sich zurück.

Dann begann Brezel-Wilhelm das Schreiben der Firma „SUV" vorzulesen, begleitet von einem totalen Schweigen der versammelten Brüder, dass man die buchstäbliche Stecknadel mühelos hätte fallen hören können.

*****

---

[6] **S**chutz **U**nd **V**orsorge

Schutz **U**nd **V**orsorge
Versicherungs-AG
Bahnhofsplatz 7
Schröpfbach

Betreff: *Ihr wertes Schreiben vom 20. d. M.*

Sehr geehrter Herr Elsan!

Nach Überprüfung der Sachlage sind wir zu dem Entschluss gekommen, die Zusammenarbeit mit unserem bisherigen Mitarbeiter, Herr Friedrich Wilhelm Treskau, mit sofortiger Wirkung zu beenden.

Wir sind ebenso wie Sie der Meinung, dass eine staatsfeindliche, menschenverachtende Gesinnung in den Reihen unserer Mitarbeiter nichts verloren hat.

Wir hoffen, dass wir damit Ihr Vertrauen wiedererlangt haben, und dass wir weiterhin Ihr Ansprechpartner für Versicherungsdinge bleiben werden.

Mit besten Wünschen für Ihr Wohlergehen und das Ihrer Familie verbleiben wir

mit vorzüglicher Hochachtung

Ernst-Walter Höllein, Direktor

*****

Fassungslosigkeit spukte - wie kleine Irrlichter - wild durch die Köpfe der Anwesenden.

Nur nicht bei Brezel-Wilhelm, Sensen-Otto und Benzin-Robert.

„Wie ist das möglich?", fragte Fiskus-Otto, der als erster seine Fassung wiedergewonnen hatte.

„Durch die geniale Idee und die Unerschrockenheit von Wilhelm", antwortete Benzin-Robert.

„Und durch die Mithilfe von Robert und Otto", fügte Brezel-Wilhelm hinzu und deutete auf die beiden wackeren Mitstreiter.

„Das musst du uns schon etwas genauer erklären", sagte Kreuz-Otto, und sein Gesicht strahlte, als wäre sein Haupt von einer „Corona Radiata" [7]umgeben.

Und dann erzählte Brezel-Wilhelm eine völlig verrückte Geschichte.

Dass er mit der Schwester des Kandidaten verheiratet war, hinderte ihn jedoch nicht daran, diesen Mann abgrundtief zu hassen.

Das führte dazu, dass er mit Sensen-Otto und Benzin-Robert einen wahnwitzigen Plan aussheckte.

---

[7] Strahlenkranz

„Wie ihr euch alle denken könnt, habe ich meinen Schwager nie wirklich leiden können", begann Brezel-Wilhelm zu erzählen, als er von Rasiermesser-Karl mit der Bemerkung „dieses arrogante Arschloch" jäh unterbrochen wurde.

„Ruhe!"

Kreuz-Otto hatte es förmlich hinausgebrüllt und Rasiermesser-Karl mit einer bitterbösen Mine dabei angeschaut, was diesen ordentlich zusammenzucken ließ.

„Erzähl bitte weiter, Wilhelm", wandte sich Kreuz-Otto an Brezel-Wilhelm, unterstrichen von seinem wiedergewonnenen Lächeln.

„Nach unserem letzten Treffen habe ich mir das Hirn zermartert, wie wir diesen Mistkerl loswerden könnten.

Dann kam mir der Zufall zu Hilfe, als mir mein Schwager die Zahlungsaufforderung für den fällig werdenden Versicherungsbeitrag für meine Bäckerei auf den Tisch legte.

Das hat mich auf die Idee gebracht einen Brief an die Versicherungsgesellschaft zu schreiben und denen mitzuteilen, was für ein Mensch mein Schwager ist."

„Und was hast du denen geschrieben?", fragte Blunzen-Fritz, worauf Brezel-Wilhelm eine Kopie des Briefes vorlas:

An die
Schutz Und Vorsorge
Versicherungs-AG
Bahnhofsplatz 7
Schröpfbach

Sehr geehrte Damen und Herren!
Ich bin ein Bäckermeister und verkaufe meine Waren im eigenen Laden an meine Kunden. Außerdem bin ich Mitglied im hiesigen Gemeinderat und stellvertretender Bürgermeister.

Ich habe seit vielen Jahren sowohl mein Geschäft als auch mich und meine Ehefrau bei Ihnen versichert, und ich habe meine Beiträge immer pünktlich bezahlt.

Aber jetzt, nachdem bekannt geworden ist, dass Ihr Mitarbeiter, ein gewisser Herr Friedrich Wilhelm Treskau, der auch in unserem Dorf wohnt, mit seiner Vergangenheit prahlt (er war Mitglied bei der Waffen-SS) und sogar einen Verein der Ehemaligen gegründet hat, überlege ich, ob ich meine Versicherungen bei Ihnen weiter aufrecht erhalten möchte.

Ich habe schon mit anderen Mitbürgern darüber gesprochen, die auch eine Versicherung bei Ihnen haben, und die überlegen sich das auch.

Ich hoffe, Sie werden das verstehen. Es ist eine Frage des Prinzips und der Ehre. Mit einer Versicherung, die solche Leute beschäftigt, kann man keine Geschäfte machen.

Hochachtungsvoll!

Wilhelm Elsan, Bäckermeister

Brezel-Wilhelm faltete sorgfältig das Blatt Papier wieder zusammen, aus welchem er gerade vorgelesen hatte, und schaute in die erstaunten Gesichter seiner Mitbrüder.

„Was hat Berta dazu gesagt?", fragte Rasiermesser-Karl, *„der Kandidat ist immerhin ihr Bruder."*

„Ist er nicht", antwortete Brezel-Wilhelm.

„Ist er nicht?", fragte Rasiermesser-Karl verwundert nach, *„aber wieso nicht?"*

„Berta ist die Tochter aus erster Ehe. Als ihr Vater früh verstorben ist, hat ihre Mutter einen gewissen Treskau geheiratet. Und aus dieser Ehe stammt der Kandidat. Berta ist also nur die Halbschwester von ihm."

„Aha", sagte Rasiermesser-Karl, *„jetzt verstehe ich es"*, fügte aber unmittelbar hinzu:

„Aber was ist, wenn die Versicherungsfirma herausbekommt, dass du mit dem Kandidaten verwandt bist?"

„Wie soll das gehen?", antwortete Brezel-Wilhelm, *„ich heiße Elsan und der Kandidat heißt Treskau."*

„Jetzt lass Wilhelm doch in Ruhe", mischte sich jetzt Fiskus-Otto ein, *„Hauptsache ist doch, dass er das Schwein zur Strecke gebracht hat. Und das ganz allein."*

Kreuz-Otto begann kräftig zu applaudieren und die anderen taten es ihm mit voller Inbrunst gleich.

Brezel-Wilhelm winkte ab und sagte:

„Halt! Halt! Ganz so war das nicht.“

Der Applaus verebbte und Brezel-Wilhelm deutete auf Sensen-Otto und Benzin-Robert.

„Die beiden waren wesentlich an dem Erfolg beteiligt. Erzähl selbst Otto, was du gemacht hast.“

Der Angesprochene referierte daraufhin genüsslich und mit langsam gesprochenen Worten über seine „anrüchige Tat“.

„Ich habe dem Saukerl eine Ladung Mist vor seine Haustür gekippt und eine Nachricht an die Hauswand geschrieben.“

„Waaas? Du warst das?“, fragte Blunzen-Fritz euphorisch. *„Ist das nicht auch in der Zeitung gestanden?“*

„So ist es, Fritz“, antwortete nun wieder Brezel-Wilhelm, *„und den Artikel mit Bild habe ich dem Brief an die Versicherung beigelegt.“*

Was war geschehen?

Die Aktion mit dem Mist und der Parole „NAZI RAUS!“, welche Sensen-Otto durchgeführt hatte, war möglich, weil der Kandidat in einem Neubaugebiet, am Rande des Dorfes gelegen, wohnte und zum Zeitpunkt der Tat nicht zu Hause war.

Der Verlobte von Uschi, der Tochter von Benzin-Robert, arbeitete in der Werkstatt von Benzin-Robert und war Hobbyfotograf. Er hatte am nächsten Morgen sofort ein Bild von dem Geschehen gemacht.

Der Chefredakteur, ein Kriegskamerad von Benzin-Robert, der mit ihm in Afrika beim Korps – Seite an Seite – gekämpft hatte, ließ dem jungen Kollegen freie Hand bei dem Verfassen eines entsprechenden Artikels.

Die polizeilichen Ermittlungen, durchgeführt von Moped-Sepp verliefen erstaunlicherweise im Sand. Im Abschlussbericht der eingehenden Untersuchung stand zu lesen:

„Bei der Tat handelt es sich vermutlich um einen Streich dummer Jugendlicher."

Was die „Bruderschaft der Gerechtigkeit" jedoch nie erfahren hat, war die traurige Tatsache, dass Treskau zwar offiziell entlassen wurde und das Dorf verlassen hat, aber in Wirklichkeit in einer anderen Stadt für die SUV weitergearbeitet hat. Auf einen so erfolgreichen Mitarbeiter wollte man einfach nicht verzichten…

*****

Seit einiger Zeit musste die Feuerwehr immer wieder einmal zu einem Einsatz ausrücken; doch jedes Mal handelte es sich um einen Fehlalarm.

Benzin-Robert war schon völlig genervt über den unnötigen Aufwand und den Zeitverlust für die eigene Arbeit.

Er hatte sich schon an die Polizei gewandt; aber bisher konnte der Täter nicht geschnappt werden.

Am Stammtisch redeten sich die Gäste schon die Köpfe heiß, und die wildesten Spekulationen machten die Runde.

So war es nun allerhöchste Zeit, dass sich die Bruderschaft um dieses lästige Problem kümmerte.

Und so geschah es auch anlässlich der nächsten regulären Sitzung.

*****

„Ich begrüße die werten Mitglieder zu unserer allmonatlichen Sitzung und bitte Fiskus-Otto um Verlesung der Tagesordnung."

Fiskus-Otto bedankte sich bei Kreuz-Otto für die Erteilung des Wortes und begann von einem Blatt Papier die Tagesordnung zu verlesen:

1. Feststellung der Vollzähligkeit.
2. Tätigkeitsbericht des rückliegenden Monats.
3. Besprechung zu den vorliegenden Erhebungen, durchgeführt von unserem außerordentlichen Mitglied Moped-Sepp.
4. Allfälliges

Nachdem Fiskus-Otto die Vollzähligkeit der Anwesenden bestätigt hatte und nun Blunzen-Fritz an der Reihe war, den Tätigkeitsbericht des rückliegenden Monats zu präsentieren, geschah etwas Seltsames.

Blunzen-Fritz erhob sich und ging bei der Tür hinaus.

Fiskus-Otto schaute erwartungsvoll zum Vorsitzenden, von dem jedoch – außer einem breiten Grinsen – keinerlei Reaktion erfolgte.

Fiskus-Otto wollte schon sein Erstaunen zum Ausdruck bringen, als die Tür wieder aufging und Blunzen-Fritz, zusammen mit der Wirtsehefrau Marianne, hereintrat.

Die beiden hielten einen riesigen Geschenkkorb in ihren Händen, den sie jetzt direkt vor Brezel-Wilhelm auf den Tisch hievten.

Brezel-Wilhelm war kaum noch zu sehen hinter dem Geschenkkorb, in welchem sich Wein- und Schnapsflaschen, Schinken, Würste und weitere Köstlichkeiten türmten.

Und bevor Brezel-Wilhelm Zeit fand, seinem Erstaunen nachzukommen, erklang es mit großer Lautstärke und voller Inbrunst aus den Kehlen der anderen Anwesenden:

„Hoch soll er leben, hoch soll er leben, dreimal hoch. Hoch! Hoch! Hoch!"

Und als Ergänzung zu der Gesangsdarbietung gesellte sich noch ein nicht enden wollender Applaus hinzu.

Brezel-Wilhelm war sichtlich gerührt. Tränen rannen über sein Gesicht und er schämte sich ihrer nicht.

„Danke, meine lieben Brüder", stammelte er, *„vielen Dank. Aber der Dank gebührt ebenso Otto, wie auch Robert."*

„Du kannst ihnen ja eine Wurst oder ein Stück von dem Schinken abgeben", witzelte Rasiermesser-Karl, was allgemeines Gelächter zur Folge hatte.

„Ich denke, mit der Ehrung für unseren lieben Wilhelm hat sich der Punkt 2 der Tagesordnung von selber erledigt", sagte Fiskus-Otto und erhob sein Glas.

„Lasst uns auf das Wohl von Wilhelm und seine beiden Mitstreiter, Otto und Robert, anstoßen, die für uns den letzten Fall bravourös gelöst haben."

„Auf Wilhelm, auf Otto, auf Robert!"

Diese guten Wünsche erklangen noch mehrere Male, bevor sich die Bruderschaft dem Punkt 3 der Tagesordnung zuwandte.

Kreuz-Otto ergriff das Wort und schilderte in groben Zügen, was für die anderen Anwesenden keine Neuigkeit darstellte: Irgendjemand machte sich einen Spaß daraus, die Feuerwehr zum Narren zu halten.

„Was wissen wir?", fragte Benzin-Robert, der als Feuerwehrkommandant wohl das größte Interesse daran hatte, dem Spuk ein baldiges Ende setzen zu können. *„Hat Sepp schon irgendetwas herausfinden können?"*

„Leider nein", antwortete Kreuz-Otto.

„Wir müssen in dieser Angelegenheit strategisch vorgehen", fuhr Benzin-Robert fort.

Er sah es aus dem Blickwinkel eines ehemaligen Panzerfahrers, der unter dem Wüstenfuchs Rommel so seine Erfahrungen gemacht hatte.

„Und was schlägst du vor?", fragte Rasiermesser-Karl, der insgeheim seinen Mitbruder bewunderte. Er selbst hatte nie gedient, da er mangels genügender Körpergröße nie zu den Waffen gerufen worden war.

„Zunächst müssen wir uns einmal fragen, wer als Täter infrage kommt", antwortete Benzin-Robert.

Er sah sich schon als Strategen erster Ordnung, als ihm Blunzen-Fritz mit seiner blöden Bemerkung in die Parade fuhr.

„Sonst hast du nichts zu bieten? Das hat die Polizei doch schon längst gemacht."

Es war wohl die ewige Rivalität, welche zwischen ihm und Benzin-Robert bestand, die ihn das sagen ließ.

Blunzen-Fritz stand damals auch zur Wahl, als es um die Wahl für den neuen Kommandanten ging. Er unterlag mit nur einer Stimme, und er war der festen Überzeugung, dass Benzin-Robert sich Stimmen gekauft hatte.

Er wäre ohne Zweifel dazu imstande gewesen, denn Geld war ja genug vorhanden. Roberts Vater hatte vor dem Krieg eine kleine Hütte, in der er kleinere Reparaturen an Fahrrädern vornahm.

Und nach dem Krieg wuchsen dort schon sehr bald eine größere Werkstatt und eine Tankstelle.

„Wenn du glaubst, du kannst das besser, dann mach's doch, du Blödmann!"

Benzin-Robert setze sich nieder und schmollte.

„Schluss jetzt!"

Kreuz-Ott hatte ein Machtwort gesprochen und die beiden Streithähne fügten sich augenblicklich.

„In diesem Raum sind wir eine Bruderschaft und wir respektieren einander. Habt ihr das verstanden?"

Der scharfe Ton dieser Ansage ließ keinen Raum für Zweifel zu. Benzin-Robert und Blunzen-Fritz wussten das nur zu genau. Ein kollektives Nicken bekundete ihre Zustimmung.

„Was ihr dort draußen macht, ist mir egal. Schlagt euch von mir aus die Köpfe ein. Aber hier drinnen herrscht Eintracht. Wer das nicht kapiert, ist hier fehl am Platz.

Und jetzt beginnt Robert noch einmal, und wir werden ihm aufmerksam zuhören. Bitte, Robert!"

Kreuz-Otto war bekannt für seine direkte, manchmal über die Schmerzgrenze gehende Art, mit welcher er seinen Mitmenschen begegnete. Er machte auch nicht auf der Kanzel davor Halt.

Das hatte schon manchen Kirchgeher vertrieben; aber auch neue Fans gebracht, die sich „Action" im Hause Gottes erhofften.

Robert war nach dieser Predigt richtig warm ums Herz geworden. Er schickte einen dankbaren Blick in Richtung Kreuz-Otto und erhob sich, um seine Überlegungen darzulegen.

„*Also, noch einmal meine Frage: Wer kommt als Täter in Betracht?*"

„*Was ist mit den Zigeunern auf deiner Wiese?*", fragte Rasiermesser-Karl in Richtung Sensen-Otto.

„*Die sind harmlos*", antwortete Sensen-Otto lächelnd, „*die klauen höchstens die Wäsche von der Leine.*"

Gelächter setzte ein. War der Raum gerade eben noch von einer knisternden Spannung durchwoben, so wurde sie jetzt mit einem Schlag aufgelöst. Sogar Kreuz-Otto musste lachen.

„*Die haben kein Interesse daran, aufzufallen*", fügte Sensen-Otto hinzu, „*sie schärfen Messer und Scheren und flicken alte Schirme oder bieten selbstgefertigten Schmuck feil. Das ist schon alles.*"

„*Das glaube ich auch*", stimmte Fiskus-Otto bei, „*aber wer war es dann? Die Frage ist doch, war es jemand aus dem Ort oder vielleicht jemand aus dem Nachbardorf?*"

An diese Idee hatte bisher noch keiner gedacht.

„*Ich sage nur <Maibaum>.*"

Es war Sensen Otto, der den Ball aufgefangen hatte.

Vor einigen Jahren hatte er, zusammen mit ein paar jungen Wilden aus dem Dorf, den Maibaum aus der Nachbargemeinde arg verschandelt.

Sie haben am Kronenkranz Klopapierrollen angebunden und danach den Stamm des Maibaums schwarz angestrichen.

Es war eine von Alkohol durchdrängte Idee; aber die Bewohner der angrenzenden Gemeinde hatten diese Freveltat nie verwunden und Rache geschworen.

Da jedoch bisher keine diesbezüglichen Aktivitäten stattgefunden hatten, war die Angelegenheit längst in Vergessenheit geraten.

Außerdem hatte Sensen-Otto ein mächtig großes Fass Bier als Wiedergutmachung spendiert.

„Das ist es", jubilierte Rasiermesser-Karl, *„das ist die verspätete Rache der Steckzwiebeln."*

„Steckzwiebel" war die despektierliche Bezeichnung für die Bewohner des Nachbardorfes, für deren Herkunft es keine empirische Erklärung gab; aber die verschiedensten Auslegungen.

Der Blick in die Runde ließ erkennen, dass man der Vermutung auf den potenziellen Täter allgemein Glauben zu schenken schien, denn keiner der Anwesenden sprach sich dagegen aus.

„*Dann sind wir ja schon einen großen Schritt weiter*", sagte Kreuz-Otto freudig, wurde aber sogleich in seiner aufkeimenden Euphorie von Brezel-Wilhelm eingebremst.

„*Ihr wisst aber schon, dass Sepp einer von den <Steckzwiebeln> ist…*"

Stille setzte ein. Es würde schwierig werden, Sepp dazu zu bringen, gegen seine eigenen Leute zu ermitteln.

Er war zwar ein loyaler Mitarbeiter der Bruderschaft, aber seine Loyalität galt ebenso dem Nachbardorf und seinen Bewohnern. Sepp war von Geburt an eine „Steckzwiebel", und er war auch mit einer solchen verheiratet.

„*Aber irgendetwas müssen wir unternehmen*", fachte Benzin-Robert die Diskussion wieder an.

„*Die Frage ist nur – was?*", sagte Rasiermesser-Karl, um seinen Beitrag an der Diskussion zu leisten.

„*Hat denn niemand eine Idee?*", fragte Kreuz-Otto und blickte in die ratlosen Gesichter seiner Mitbrüder.

Es folgte erneutes Schweigen.

„*Wir brauchen einen Undercover-Agenten*", sagte Blunzen-Fritz in die Stille hinein.

„*Blödsinn.*"

Rasiermesser-Karl leistete damit einen weiteren, wenn auch wenig hilfreichen Kommentar zur Lage.

„Überhaupt nicht", widersprach Blunzen-Fritz, „ich habe das schon in Filmen gesehen."

Kreuz-Otto verdrehte die Augen.

„Es müsste aber jemand sein, den die Steckzwiebeln noch nicht kennen", fügte Fiskus-Otto hinzu.

Und als die übrigen Mitbrüder heftig nickten, bemerkte Kreuz-Otto, dass die Idee gerade heftigen Zuspruch erfuhr, und also beschloss er, sich ihr anzuschließen.

„Dann kann es ja niemand von uns sein. Aber wer könnte es dann machen? Es müsste jemand sein, der auch unser Vertrauen genießt…"

„Gerhard."

Die äußerst knappe Wortmeldung war von Benzin-Robert ergangen.

„Welcher Gerhard?", fragte Kreuz-Otto, und Benzin-Robert antwortete:

„Gerhard Berger, der Verlobte meiner Uschi. Der ist nicht von hier und den kennen die Steckzwiebeln sicher nicht."

Nun begann ein Abwägen darüber, wie man und ob überhaupt eine „Undercover-Aktion" durchzuführen wäre.

Nach einigem Hin und Her beschloss man, darüber abzustimmen.

Der Vorsitzende nahm seine Stellung wahr und sprach:

„Wer dafür ist, eine Undercover-Aktion zu starten, der erhebe die Hand."

Alle hoben ihre Hand, bis auf Rasiermesser-Karl. Hatte er zuvor den Vorschlag von Blunzen-Fritz als „Blödsinn" apostrophiert, so konnte er jetzt schlecht seine Zustimmung erteilen. Schließlich hat man ja seine Prinzipien.

„Gegenstimmen?"

Niemand rührte sich.

„Enthaltungen?"

Jetzt erhob Rasiermesser-Karl seine Hand, wenn auch etwas zögerlich und mit auf den Tisch gesenktem Blick.

„Ich stelle eine eindeutige Mehrheit fest, mit keiner Gegenstimme und einer Stimmenthaltung.

Damit ist der Vorschlag von Fritz angenommen."

Es folgte Applaus, mit dem man sowohl Einverständnis als auch Hoffnung zum Ausdruck bringen wollte.

Punkt 4 kam danach nicht mehr zum Tragen, zumal keinerlei diesbezügliche Anträge gestellt worden waren.

*****

Als Gerhard Berger von seinem Schwiegervater in spe gefragt wurde, ob er sich dem Spezialauftrag gewachsen fühle, und wenn, ob er bereit wäre, diesen zu übernehmen, stimmte er spontan und bedenkenlos zu.

In den Augen von Benzin-Robert war er nie die erste Wahl als potenzieller Schwiegersohn.

Gerhard war zwar nicht ungeschickt in seiner Tätigkeit als Kfz-Mechaniker, aber für seine Prinzessin hätte sich Benzin-Robert durchaus eine bessere Partie vorstellen können.

„Das ist aber nicht ganz ungefährlich", unterwies Benzin-Robert den jungen Burschen in dessen Spezialmission, *„wenn die Steckzwiebeln Lunte riechen, dann musst du um dein Leben rennen."*

„Keine Sorge, Chef", antwortete Gerhard, *„ich werde die Angelegenheit mit sehr viel Fingerspitzengefühl angehen."*

Diese Worte, welche auf eine gewisse Besonnenheit hindeuteten, gefielen Benzin-Robert. Aber als der künftige Undercover-Agent fragte, welchen Operationsnamen das Unternehmen haben würde, schossen die Zweifel von Benzin-Robert in die Höhe wie die Salatköpfe im Monat Mai.

*****

Das Gasthaus „Zur Krone" war der kulturelle Hotspot der Nachbargemeinde. Dort wurde nicht nur das politische Tagesgeschehen abgehandelt, sondern auch Theater gespielt.

Dem Gasthaus angeschlossen war ein großer Saal, in welchem an Kirchweihe und zu Faschingszeiten getanzt wurde; aber auch mehrmals im Jahr Theaterstücke zur Aufführung kamen.

Gerhard Berger ging zu Beginn seiner Undercover-Mission mehrmals in der Woche in die „Krone" und freundete sich nach und nach mit den Jugendlichen an.

Sein Ziel war, Vertrauen aufzubauen, ja vielleicht sogar Freundschaften einzugehen, um so sukzessive den Gegner zu infiltrieren.

Gerhard Berger schloss sich dem Schauspielensemble an.

Ausgestattet mit einem ansprechenden Äußeren erregte er sehr schnell Interesse bei dem unangefochtenen Star der Theatergruppe. Er hieß Lioba und war eine hünenhafte, von der Natur üppig ausgestattete Blondine.

Das wiederum brachte den jungen Mann in arge Bedrängnis. Zum einen, weil er ja in festen Händen war, und zum anderen, weil ein anderes Mitglied der Theatergruppe Begehrlichkeiten für Lioba empfand.

Und so kam es, dass das Unvermeidliche eintrat.

Als Lioba während einer Liebesszene ihre Zunge so tief in den Schlund von Gerhard hineinpresste, dass dies einen Brechreiz bei ihm hervorrief, stürzte sich der Buhle auf ihn und verpasste ihm einen kräftigen Hieb.

Damit war der Undercover-Auftrag von Gerhard Berger Geschichte, denn an ein weiteres Auftauchen in der „Krone" war nicht mehr zu denken.

Als dann aber Uschi auch noch Kenntnis von diesem Vorfall erhielt, löste sie – trotz aller Unschuldsbeteuerungen von Gerhard - ihre Verlobung.

Ihre Enttäuschung über den Liebesverrat war so groß, dass sie ihren Vater bedrängte, er möge den Treulosen hinauswerfen.

Dieser Forderung seiner Tochter kam Benzin-Robert jedoch nicht nach, schon aus dem Grund, weil er dem armen Burschen Glauben schenkte.

*****

„Ich begrüße die werten Mitglieder zu einer außerordentlichen Sitzung und bitte Fiskus-Otto um Verlesung der Tagesordnung."

Fiskus-Otto erhob sich und schaute Kreuz-Otto einfach nur an.

„Was ist los mit dir?", fragte Kreuz-Otto, *„hast du dich nicht vorbereitet?"*

Kreuz-Otto war aufgefallen, dass Fiskus-Otto noch nicht einmal ein Blatt Papier in seinen Händen hielt, geschweige denn, dass dieser etwas sagen würde.

„Das hat doch alles keinen Sinn mehr", antwortete Fiskus-Otto, und in seiner Stimme klang deutlich erkennbar eine gewisse Resignation mit.

„Wir werden den Kerl so nicht kriegen."

Rasiermesser-Karl wollte gerade ein *„ich hab 's euch gleich gesagt"* aussprechen, als ihn der zürnende Blick von Blunzen-Fritz erreichte.

Das veranlasste Rasiermesser-Karl sogleich diese weisen Worte hinunterzuschlucken und sie stattdessen für sich exklusiv zu genießen.

„Heißt das, du hinterfragst unsere Arbeit in diesem speziellen Fall oder meinst du das generell?"

Das Blut in den Adern der Anwesenden drohte beinahe zu gefrieren, als Kreuz-Otto diese Sinnfrage stellte.

Fiskus-Otto zuckte mit den Schultern.

Er stand da, wie ein Schuljunge, der seine Hausaufgaben nicht gemacht hatte, und der nun auf die Reaktion des Herrn Lehrers wartete.

„Ist sonst noch jemand derselben Meinung wie Otto?", fragte Kreuz-Otto, aber keiner der Anwesenden reagierte darauf.

Kreuz-Otto zeigte sich sichtlich erschüttert. Er setze sich nieder und steckte sich eine Zigarre an.

„Wenn wir schon einmal dabei sind", meldete sich Brezel-Wilhelm zu Wort, *„ich hätte euch eine Mitteilung zu machen."*

Die negativen Schwingungen, welche den Raum zu okkupieren begonnen hatten, vermehrten sich nun rasant.

„Wie ihr ja alle wisst, bin ich mit Abstand der Älteste von uns. Ich habe beschlossen, aus der Bruderschaft auszusteigen, weil mir das alles zu viel wird."

Schockstarre ergriff die Mitglieder. Blicke schwirrten hin und her, getrieben von einer Unsicherheit, wie man am besten mit dieser Situation umzugehen habe.

„Ich möchte euch jedoch einen Vorschlag machen", fuhr Brezel-Wilhelm fort. *„Ich habe meine Schwester gefragt, ob sie an meiner Stelle der Bruderschaft beitreten würde, und sie hat zugestimmt.*

Aber natürlich nur, wenn ihr das auch wollt."

„Eine Frau in einer Bruderschaft? Wie soll das gehen?"

Es war Rasiermesser-Karl, der wieder einmal seinen Mund nicht halten konnte.

Die anderen hatten es überhört oder sie taten nur so.

„Das ist äußerlich bedauernswert", sagte Kreuz-Otto, nachdem er eine größere Wolke Tabakrauch in den Raum verabschiedet hatte, *„aber natürlich verstehen wir dich und respektieren deinen Wunsch.*

Und was deinen Vorschlag betrifft, deine Schwester in unseren Reihen aufzunehmen, so müssen wir erst darüber beraten und abstimmen. Das verstehst du doch, oder?"

„Natürlich, Otto", erwiderte Brezel-Wilhelm, *„dann ist es wohl sinnvoll, wenn ich mich jetzt entferne."*

Brezel-Wilhelm wartete die Antwort erst gar nicht ab und erhob sich. Er nahm seinen überdimensionalen Geschenkkorb, nickte jedem einzelnen zu und verließ dann den Raum.

Unmittelbar danach brach eine heftige Diskussion aus. Es gab sowohl Befürworter als auch strikte Ablehnung.

Am Ende der langwierigen Diskussion wurde eine geheime Wahl abgehalten, die folgendes Ergebnis erbrachte:

Abgegebene Stimmen: 6
Gültige Stimmen: 6
JA-Stimmen: 4
NEIN-Stimmen: 1
Stimmenthaltungen: 1

Wer mit NEIN gestimmt hatte, sollte man nie erfahren. Aber von wem die Enthaltungsstimme kam, lag klar auf der Hand.

Rasiermesser-Karl war der Meister der Enthaltung. Er hatte stets den Weg des geringeren Widerstands beschritten und war sein ganzes Leben lang gut damit gefahren.

*****

Hildegard Elsan war die jüngere Schwester von Brezel-Wilhelm und im Grunde genommen eine Witwe ohne Trauschein.

Ihr Verlobter war aus dem Krieg nicht zurückgekehrt, und Hildegard hat ihm die Treue über seinen Tod hinaus gehalten.

Sie war schon vor dem Krieg Krankenschwester im Krankenhaus der Kreisstadt und sie liebte ihren Beruf. Sie übte ihn mit großer Hingabe und einem resoluten Auftreten aus, sowohl Patienten als auch Ärzten gegenüber.

Und nun war sie Mitglied bei der „Bruderschaft der Gerechtigkeit".

*****

„Ich begrüße die werten Mitglieder zu unserer allmonatlichen Sitzung und bitte Fiskus-Otto um Verlesung der Tagesordnung."

Für Hildegard Elsan war dies ein ganz besonderer Moment. Sie durfte an ihrer ersten Sitzung teilnehmen. Ihr Bruder hatte ihr zwar schon einiges darüber erzählt; aber es hatte ihre Aufgeregtheit nicht annähernd zu mindern vermocht.

Fiskus-Otto stand auf und lächelte Hildegard freundlich zu. Und dieses Mal hatte er sogar wieder ein Blatt Papier in der Hand.

Und dann begann er.

1. Begrüßung unseres neuen Mitglieds durch den Vorsitzenden.
2. Antrag auf Umbenennung der Bruderschaft.
3. Vergabe des Decknamens für unser neues Mitglied.
4. Tätigkeitsbericht für den rückliegenden Monat.
5. Besprechung über die Erhebungen für unseren neuen Kandidaten.
6. Allfälliges.

Hildegards Herz klopfte wie wild. Sie war zwar den Umgang mit dem anderen Geschlecht gewohnt, aber das hier war noch einmal etwas ganz anderes.

Kreuz-Otto bedankte sich bei Fiskus-Otto für das Verlesen der Tagesordnung und wandte sich danach an das aufzunehmende Neumitglied.

„Ich begrüße mit großer Freude unser neues Mitglied, Hildegard Elsan, und ich heiße dich im Namen der Bruderschaft herzlich willkommen. "

Rasiermesser-Karl räusperte sich bei dem Wort „Bruderschaft" vernehmlich, um unmissverständlich darauf hinzuweisen, dass diese Bezeichnung völlig deplatziert wäre.

Er konnte es einfach nicht lassen.

„Wie du gerade selbst vernehmen konntest, müssen wir uns jetzt sofort an den Punkt 2 der Tagesordnung machen", sagte Kreuz-Otto weiter, *„bevor unser Karl noch erstickt."*

Damit hatte Kreuz-Otto die Lacher auf seiner Seite und Rasiermesser-Karl heftete wieder einmal seinen Blick direkt auf die Tischplatte vor seiner Nase.

„Gibt es Vorschläge?", warf Kreuz-Otto in die Runde.

„Bruder- und Schwesternschaft", „Gruppe für Gerechtigkeit" und weitere Vorschläge erklangen, aber keiner zündete so richtig.

„Wie wäre es mit <Bündnis für Gerechtigkeit>?"

Der Vorschlag kam von Hildegard. Sie fügte noch schnell hinzu:

„Das wäre auch geschlechtsneutral..."

„Das ist prima!"

Fiskus-Otto war der Erste, der auf den Vorschlag einging. Weitere folgten und bekundeten ihre Zustimmung.

„Ich denke, wir könnten uns eine Abstimmung sparen", sagte Kreuz-Otto, *„aber wir wollen die Form dennoch wahren."*

Die Abstimmung war, wie nicht anders zu erwarten, tatsächlich nur noch eine Formsache. Und dieses Mal verlief sie sogar einstimmig.

„Wenn wir gerade bei einer neuen Namensfindung sind, können wir gleich Punkt 3 der Tagesordnung abarbeiten", sagte Kreuz-Otto und blickte erwartungsvoll zu Hildegard.

„Wie du schon bemerkt haben dürftest, duzen wir einander. Ich hoffe, das ist in Ordnung für dich."

Hildegard nickte und Kreuz-Otto fuhr fort:

„Das freut mich. Und wir haben auch alle einen Decknamen. Das heißt, dass auch für dich einer gefunden werden muss.

Entweder wir machen dir Vorschläge oder du suchst dir selber einen aus."

Hildegard musste nicht lange überlegen.

„Meine Kollegen im Krankenhaus nennen mich Hilde", begann sie sodann, *„und eine meiner Haupttätigkeiten besteht im Verpassen von Heftpflaster für die Patienten.*

Wie wäre es mit <Heftpflaster-Hilde>?"

Gelächter setzte ein.

„Ich wäre natürlich auch mit einem Namen einver-
standen, den ihr für mich aussucht", schickte Hildegard hinterher.

„Aber nein, liebe Hilde", erwiderte Kreuz-Otto
umgehend, der Name ist perfekt. *„Oder was sagt ihr*
dazu? "

Einsetzender Applaus der angesprochenen Anwesenden bestätigte den Namensvorschlag seitens Heftpflaster-Hilde.

„Aber jetzt lasst uns weitermachen, meine lieben
Mitstreiter", sagte Kreuz-Otto und umging somit das
leidige Thema der Bezeichnung „Brüder und Schwester".

„Ich bitte nun Fritz um den Bericht für den rücklie-
genden Monat. "

Blunzen-Fritz stand auf und begann seinen Bericht
vorzulesen.

„Liebe Schwester Hilde, liebe Mitbrüder! "

Kreuz-Otto seufzte. Genau das hatte er vermeiden
wollen; aber Blunzen-Fritz fuhr unbeirrt fort.

„Die endlose Geschichte der falschen Feueralarme
hat doch noch ein gutes Ende gefunden.

Unser lieber Sepp konnte den Verbrecher dingfest machen, weil ein Bewohner der Nachbargemeinde Anzeige erstattet hat.

Es handelt sich um einen gewissen Albert Reinmuth, der sich dafür rächen wollte, dass man ihn bei unserer Feuerwehr nicht aufgenommen hat."

„Ich kann mich noch gut an den Kerl erinnern", unterbrach Benzin-Robert den Bericht von Blunzen-Fritz.

„Wir haben ihn nicht genommen, weil er einen Dachschaden hat."

„Nan, na, na!", mahnte Kreuz-Otto, *„der arme Kerl kann ja schließlich nichts dafür, dass er ein wenig geistig zurückgeblieben ist."*

„Ein wenig?", sagte Rasiermesser-Karl, *„der hat mir einmal meine Schaufensterscheibe eingeworfen."*

„Aber dafür kann er doch nichts", bemühte sich jetzt Sensen-Otto, was den Rest erstaunen ließ; denn Sensen-Otto war sonst nicht so zimperlich.

„Schluss! Fritz hat jetzt das Wort und sonst niemand."

Kreuz-Otto beendete damit die aufkommende Diskussion und nickte Blunzen-Fritz zu, er möge fortfahren.

„Besagter Mann hat in der „Krone" damit herum-geprahlt, dass er die Leute von der Feuerwehr ver-arscht, indem er falschen Alarm auslöst."

„Entschuldige bitte die deftige Wortwahl von Fritz, liebe Hilde", unterbrach nun Kreuz-Otto selber den Bericht von Blunzen-Fritz, worauf Heftpflaster-Hilde antwortete:

„Keine Sorge, Herr Pfarrer; ich bin Schlimmeres gewöhnt."

Alle Augen blickten zu Kreuz-Otto. So hatte ihn – seit Gründung der Gemeinschaft – in diesem Raum noch keiner genannt.

Kreuz-Otto lächelte. Dann sagte er zu Heftpflaster-Hilde:

„Was glaubst du wohl, warum wir alle einen Deck-namen benützen, liebe Hilde?"

Heftpflaster-Hilde veränderte augenblicklich ihre Gesichtsfarbe, um damit ihr Gefühl für Peinlichkeit zum Ausdruck zu bringen.

Die Vorstellung, den Herrn Pfarrer mit „Otto" an-zusprechen oder vielleicht gar noch mit ihm per „DU" zu parlieren, würgte sie.

„Ja, schon...", begann sie stotternd auf die Frage von Kreuz-Otto einzugehen; aber Kreuz-Otto erkannte

die Drangsale, von welchen Heftpflaster-Hilde gerade heimgesucht wurde und erlöste sie.

„Otto; ganz einfach nur Otto."

Kreuz-Otto fügte seinem Lächeln noch Verständnis und Güte hinzu, und alles zusammen schickte er in die bedrängte Seele von Heftpflaster-Hilde.

„Danke, Otto", wisperte Heftpflaster-Hilde in einem Zustand der Verklärung nahe, *„ich werde es mir merken."*

„Siehst du, liebe Hilde", erwiderte Kreuz-Otto, *„ist doch gar nicht so schwer."*

Und der ganze Raum war erfüllt von einer sonderbaren Stimmung. Es war, als hätte der Hirte ein verirrtes Schaf gefunden und der Herde wieder zugeführt.

„Das war `s, was ich zu berichten hätte", sagte Blunzen-Fritz und setzte sich wieder nieder.

„Es ist schön, dass sich diese leidige Geschichte mehr oder weniger von selbst erledigt hat", erwiderte Kreuz-Otto, *„vielen Dank für deinen Bericht."*

Kreuz-Otto machte eine kleine Pause, bevor er fortfuhr.

„Als Nächstes darf ich euch einen neuen Kandidaten vorstellen. Es ist einer der besonders üblen Sorte, und er ist aus unserem Dorf."

Die Versammlung blickte gespannt auf Kreuz-Otto, der erneut eine Pause einlegte.

„Wer ist es?", fragte Rasiermesser-Karl, *„kennen wir den Kerl?"*

„Ich kenne ihn nicht", antwortete Kreuz-Otto, *„aber ich bin sicher, ihr kennt ihn."*

„Wieso?", fragte Rasiermesser-Karl, der gerade nicht verstehen konnte, warum der Kandidat allen bekannt sein sollte, nur Kreuz-Otto nicht.

„Ich weiß von Sepp nur den Namen des Mannes, und dass er aus einer alteingesessenen Familie stammt."

„Und trotzdem kennst du ihn nicht?", insistierte Rasiermesser-Karl ungläubig weiter. Er dachte wohl in diesem Augenblick nicht daran, dass Kreuz-Otto erst vor Jahren in die Gemeinde gekommen war.

Er kannte zwar sehr viele Leute aus dem Dorf; aber natürlich bevorzugt jene, die – so sie auch nicht seine Gottesdienste besuchten – zumindest derselben Glaubensfraktion angehörten.

„Und wie heißt der Kandidat?"

Es war Fiskus-Otto, der die Frage stellte, und der nicht weniger gespannt darauf war wie der Rest der Gruppe.

„Helmut Glanz. "

„Der Sohn von der Wäscherei? ", fragte Rasiermesser-Karl.

„Ja ", antwortete Kreuz-Otto.

„Der Mistkerl, der seine arme Frau misshandelt. "

Die Köpfe der anderen flogen herum, als sie Heftpflaster-Hilde das sagen hörten.

„Du weißt davon? ", fragte Kreuz-Otto überrascht.

„Leider ja ", antwortete Heftpflaster-Hilde. *„Die Frau war schon mehrmals bei uns im Krankenhaus. "*

„Und warum habt ihr da nicht die Polizei geholt? ", fragte Kreuz-Otto entsetzt.

„Ganz einfach ", antwortete Heftpflaster-Hilde, *„weil Anita keine Anzeige gemacht hat. "*

„Wer ist Anita? ", fragte Rasiermesser-Karl und Blunzen-Fritz antwortete:

„Die Tochter von Rektor Christoph, die Frau von dem Saukerl. "

„Und wieso kennst du sie? ", fragte Rasiermesser-Karl.

„Weil Frau Christoph bei uns ihre Wurst und ihr Fleisch kauft", antwortete Blunzen-Fritz etwas ungehalten. *„Aber das spielt doch jetzt überhaupt keine Rolle."*

„Man wird ja wohl noch fragen dürfen", brummte Rasiermesser-Karl vor sich hin, worauf Kreuz-Otto zur Ordnung rief.

„Ich darf doch bitten, meine Herren!"

„Wieso bist du dir so sicher, dass häusliche Gewalt vorliegt?", fragte Fiskus-Otto und Heftpflaster-Hilde antwortete:

„Ich kann deutlich unterscheiden, ob eine Frau gestürzt ist, sich den Kopf an einer Tür angehauen hat oder ob sie geschlagen wurde. Das kannst du mir glauben, mein Lieber."

„Verstehe, Hilde", erwiderte Fiskus-Otto. Ein Lächeln huschte ihm dabei über sein Gesicht, denn der Zusatz „mein Lieber" tat seiner Seele gerade richtig wohl.

„Und wieso ist er jetzt auf einmal ein Kandidat für uns?", meldete sich nun Benzin-Robert zu Wort, dem der Raufbold durchaus bekannt war.

Er war schon öfter aufgefallen, wenn er bei örtlichen Festivitäten – nach vermehrtem Alkoholgenuss – Streit angezettelt hatte.

„*Um auf deine Frage zurückzukommen*", ergriff nun wieder Kreuz-Otto das Wort, „*Sepp hat mir den Kandidaten gemeldet.*

Die Polizei wurde wieder einmal von Nachbarn alarmiert, als aus der Wohnung der Familie Glanz lauter Lärm drang. Und unser Sepp hatte an diesem Abend Dienst.

Als er mit seinem Kollegen dort eintraf, war die Auseinandersetzung auf ihrem Höhepunkt.

Ein völlig besoffener Ehemann bedrohte seine Ehefrau und die beiden Kinder standen daneben und brüllten wie am Spieß."

„*Hat die Polizei den Kerl verhaftet?*", fragte Heftpflaster-Hilde.

„*Leider nicht*", antwortete Kreuz-Otto, „*weil die Ehefrau einmal mehr beteuert hat, dass sie Schuld an der Auseinandersetzung habe, und dass ihr Ehemann sie nicht geschlagen habe.*"

„*Ihr Weiber habt doch alle einen Dachschaden*", stellte Rasiermesser-Karl lakonisch fest.

„*Das ist weder hilfreich noch nett, was du da eben gesagt hast*", rügte Fiskus-Otto seinen Mitbruder, worauf Rasiermesser-Karl ein kaum vernehmbares „*entschuldige, Hilde*" brummelte.

„Kann man denn gegen diesen Kerl gar nichts ma-chen?", fragte Heftpflaster-Hilde empört.

„Doch, liebe Hilde", gab Fiskus-Otto zur Antwort, obwohl die Frage eigentlich an den Vorsitzenden ge-richtet war, *„deswegen gibt es uns, und deswegen ist Helmut Glanz ein Kandidat."*

*****

Die „Waldsauna" war ein beliebter Treffpunkt für Alt und Jung. Helmut Glanz war ein regelmäßiger Saunageher. Er traf sich dort allwöchentlich mit sei-nen Spezis zur gemischten Sauna.

Allerdings weniger, um seinem Körper Gutes zu tun, als vielmehr sich an den Rundungen holder Weib-lichkeit zu ergötzen.

Obwohl Helmut Glanz ein eher kleinwüchsiges Leichtgewicht war, fernab von einem Adonis und dessen Körperbau, spielte er gern den Boss und wurde von seinen Kumpanen auch als solcher anerkannt.

Es lag nahe, dass er sich diesen Status erkauft hatte, denn er gab sich stets als edlen Spender, wenn er mit den anderen zusammen war.

Das Geld dafür steckte ihm seine Mutter zu, die in den Burschen regelrecht vernarrt war; was der Vater zwar nicht goutierte, aber stillschweigend tolerierte.

War der Vater ein eher ruhiger Mann, so glichen sich Mutter und Sohn schon sehr, im Hinblick auf ihre äußerst rustikale Art.

Heftpflaster-Hilde war ebenfalls eine regelmäßige Besucherin der „Waldsauna".

Sie traf sich dort gern mit anderen Kolleginnen, um sich zu entspannen, und um den beruflichen Alltag hinter sich zu lassen. Außerdem war der Betreiber der Sauna der Vater einer ihrer Kolleginnen.

So entging ihr auch nicht, dass sich Helmut Glanz gelegentlich danebenbenahm, und vom Saunapersonal zur Ordnung gerufen werden musste.

*****

„Ich habe eine Idee, wie wir den Kandidaten zur Strecke bringen können."

Heftpflaster-Hilde hatte Kreuz-Otto gebeten, er möge eine außerordentliche Sitzung einberufen, und Kreuz-Otto war ihrer Bitte nachgekommen.

Kreuz-Otto lächelte Heftpflaster-Hilde an und sagte dann mit bedächtiger Stimme, so, als wolle er sein Gegenüber nicht erschrecken:

„Normalerweise verläuft eine Sitzung so, dass der Vorsitzende, also meine Wenigkeit, die Sitzung eröffnet, und dass dann erst einmal die Tagesordnung verlesen wird."

Während Rasiermesser-Karl und die übrigen Herren ein Lachen unterdrückten – in Bezug auf die Bemerkung der „Wenigkeit" von Kreuz-Otto – wurde Heftpflaster-Hildegard blass und blässer.

Ihr Mundwerk war wieder einmal schneller als ihr Gehirn. Eine Tatsache, der sie sich öfter ausgesetzt sah, und die sie manchmal in arge Verlegenheit brachte.

„Aber im Hinblick darauf, dass unsere Hilde noch frisch dabei ist, und dass sie mit einer tollen Nachricht aufwarten kann, soll Grund genug sein, heute das Prozedere etwas abzuändern."

Kreuz-Otto hatte soeben ganz offenkundig das Nebenzimmer eines Dorfgasthauses mit der Kanzel verwechselt, von der aus er sonntags seine Predigten hielt.

Diesem Eindruck verhaftet, begann Blunzen-Fritz augenblicklich zu applaudieren, und sogleich schlossen sich die restlichen, männlichen Mitglieder an.

Nur Heftpflaster-Hilde saß noch immer da, starr vor Schreck, und schaute Kreuz-Otto an.

Kreuz-Otto hingegen sonnte sich in dem Applaus, den er sich manchmal auch in der Kirche gewünscht hätte, wo solches jedoch zweifelsohne unangebracht wäre.

„Also, dann erzähle uns einmal von deiner Idee", forderte Kreuz-Otto Hildegard auf, *„wir sind schon alle sehr gespannt."*

„Meine Idee grenzt ein wenig an Pikanterie", sagte Heftpflaster-Hilde, *„und ich bin mir nicht sicher, ob das allen gefallen wird."*

Diese Äußerung löste bei den Anwesenden die verschiedensten Gedankengänge aus.

Rasiermesser-Karl fiel sofort die weitverbreitete Meinung in der Bevölkerung über Krankenschwester und Friseurinnen ein, was deren Moral angeht.

Fiskus-Otto fühlte eine leichte Erregung in seinen Lenden.

Benzin-Robert und Sensen-Otto waren nur auf die Idee gespannt, und Blunzen-Fritz grübelte darüber nach, was das Wort „Pikanterie" wohl zu bedeuten habe.

Allein Kreuz-Otto dachte gar nichts. Er war noch immer gefangen in der von Applaus umsäumten Anerkennung seiner Rede von davor.

„Das ist egal", sagte Sensen-Otto. *„Was es auch ist, wir sind dabei. Nicht wahr, Männer?"*

Zustimmung erfolgte von allen Seiten, und dann eröffnete Heftpflaster-Hilde ihren Plan.

*****

In der Waldsauna waren an diesem besonderen Dienstag folgende Personen anwesend:

Fiskus-Otto, Benzin-Robert, dessen Mitarbeiter Gerhard Berger, und natürlich Heftpflaster-Hilde.

Der Kandidat war ebenfalls zugegen und zwei seiner Kumpane. Die anderen hatte Sensen-Otto vor der Sauna abgefangen und sie – unter dem Vorwand, dass der Brenner des Saunaofens defekt sei – wieder weggeschickt.

Und um den Entschluss, unmittelbar wieder umzukehren, zu beschleunigen, hatte Sensen-Otto jedem einen Zehner zugesteckt, um die Enttäuschung erträglicher gestalten zu können.

Fiskus-Otto hatte – zusammen mit Heftpflaster-Hilde zuvor ein Gespräch mit dem Betreiber der Sauna geführt.

Es bedurfte keiner allzu großen Überredungskunst durch Heftpflaster-Hilde den Vater ihrer besten Freundin und Kollegin für ihren Plan zu gewinnen.

Herr Egner-Walter, der Saunabesitzer, ging im Verlaufe der nächsten Stunden von Gast zu Gast, um ihnen nahezulegen, dass aus betriebstechnischen Gründen die Sauna ausnahmsweise zwei Stunden früher geschlossen werden würde.

Als kleine Entschädigung wäre der Eintritt beim nächsten Mal frei, inklusive eines Getränks.

Der Ansporn war groß genug, um bei den gezielt Angesprochenen das nötige Verständnis zu erwecken.

Und tatsächlich lichteten sich die Reihen der Besucher kontinuierlich, bis schließlich nur noch die drei „Gerechten", nebst Berger Gerhard und natürlich der Kandidat und seine zwei Kumpane übrig blieben.

Da es sehr heiß an diesem Tag war, und das Biertrinken wegen der Mineralien und Spurenelementen aus medizinischen Gründen unerlässlich war, hatten die drei Compañeros[8] schon entsprechend vorgesorgt.

Jetzt galt es nur noch, die drei zu trennen.

---

[8] Spanisch für Kumpel, Freunde

Das war die Aufgabe von Benzin-Robert.

Er passte die beiden Begleiter des Kandidaten ab und fragte sie:

„Wisst ihr, wer ich bin?"

Das „JA" als Antwort auf die Frage kam klar und deutlich.

„Dann ist es ja gut", fuhr Benzin-Robert fort. *„Ihr hört jetzt ganz genau zu, was ich euch sage, "*

Und wieder erklang ein unmissverständliches „JA".

„Ihr kommt morgen in meine Werkstatt und holt euch einen Fünfziger ab. Dafür verabschiedet ihr euch von eurem Freund unter irgendeinem Vorwand und verlasst die Sauna.

Ihr stellt keinerlei Fragen und bewahrt Stillschweigen darüber. Wenn ich zufrieden bin, gibt's morgen für jeden von euch den Fünfziger. Wenn nicht, gibt's ein paar hinter die Ohren. Haben wir uns verstanden?"

Die Entscheidung der beiden Helden fiel klar zugunsten der Geldvariante aus. Wenig später verließen sie den Kandidaten, und das „Feld der Vergeltung" war bereitet.

*****

„Ganz schön heiß, heute…"

Mit dieser Bemerkung legte Heftpflaster-Hilde ihr Badetuch auf die Liege, die sich direkt neben der Liege des Kandidaten befand.

Dann streckte sie ihre Hand dem Kandidaten entgegen und stellte sich vor.

„Ich heiße Beatrix; aber meine Freunde können mich gern „Trixi" nennen."

„Okay, Trixi", erwiderte der Kandidat und hielt die Hand von Heftpflaster-Hilde über Gebühr lange fest.

„Ich bin Helmut", antwortete der Kandidat, *„und meine Freunde nennen mich <Hell Boy>."*

„Wow", sagte Heftpflaster-Hilde anerkennend, und sie brauchte alle Kraft, um nicht laut über diesen Namen loszulachen, welchen der Kandidat soeben erfunden hatte. Er stammte aus einem Comicheft, der bevorzugten Literatur des Kandidaten.

„Tust du mir einen Gefallen, Hell Boy?", fragte Heftpflaster-Hilde.

„Jeden, Trixi", antwortete Hell Boy, der seine Augen nur schwer von Heftpflaster-Hildes Oberkörper wenden konnte.

„Hol mir bitte Zigaretten und Streichhölzer, ich habe meine vergessen."

„Du kannst eine von meinen haben", erwiderte Hell Boy und hielt Heftpflaster-Hilde eine Zigarettenschachtel entgegen.

„Die sind mir zu stark", sagte Heftpflaster-Hilde, *„die sind nur etwas für richtige Kerle, wie du einer bist. Ich rauche nur Light-Zigaretten."*

Hell Boy wuchs gerade ein ordentliches Stück und mit ihm einer seiner Körperteile, welches er geschwind mit einem Handtuch bedeckte.

Er war froh, dass Trixi es nicht bemerkt hatte, und ein unbeschreibliches Gefühl von Selbstwertsteigerung erfasste ihn.

Eine reifere Frau, mit einem vollkommenen Körperbau interessierte sich für ihn. Was für ein Tag…

„Nicht weglaufen; ich komme gleich wieder", sagte er und stand auf, um Trixis Wunsch zu erfüllen.

Als der Kandidat außer Sichtweite war, entnahm Heftpflaster-Hilde der Tasche ihres Saunakilts ein kleines Fläschchen und ließ ein paar Tropfen davon in das Bierglas gleiten, welches sich neben der Liege von Hell Boy befand.

Kurz darauf kam der Kandidat zurück und brachte das Gewünschte. Heftpflaster-Hilde zündete sich eine Zigarette an und machte einen tiefen Zug.

Als sie den Rauch wieder ausstieß, fuhr sie mit ihrer Zunge genüsslich über ihre Lippen.

Hell Boy bekam augenblicklich einen trockenen Mund. Er griff hastig zu seinem Bierglas und leerte den Inhalt in einem Zug.

Heftpflaster-Hilde dämpfte die Zigarette aus, obwohl sie nur wenige Züge gemacht hatte und stand auf.

„Lust auf einen Aufguss, Hell Boy oder hast du schon genug für heute?"

„Ich habe nie genug", antwortete der Kandidat und sprang auf.

Er folgte, sabbernd wie ein Bernhardiner hinter Trixi her und berauschte sich an der Vorstellung, wie dieser Tag wohl enden würde.

Fiskus-Otto, Benzin-Robert und sein Mitarbeiter Gerhard beobachteten das Ganze aus sicherer Entfernung.

Während Benzin-Robert und Gerhard sich schon gedanklich auf den nächsten Schritt vorbereiteten, fühlte Fiskus-Otto eine große Betrübnis in sich.

Wie gern wäre er jetzt an der Stelle des Kandidaten gewesen, um der heimlich von ihm Angebeteten nahe zu sein.

Die Saunakammer war, wie nicht anders zu erwarten, leer.

„Es ist eigenartig", sagte der Kandidat, *„sonst sind mehr Leute hier."*

„Genüge ich dir nicht als Gesellschaft?", erwiderte Heftpflaster-Hilde zwinkernd, die sich schon fragte, wo Fiskus-Otto und Benzin-Robert blieben.

Es war ausgemacht, dass sie dazustoßen sollten, sobald sie mit dem Kandidaten in die Saunakammer gegangen wäre. Und Gerhard sollte auf Abruf vor der Tür warten.

In den Augen des Kandidaten war klar zu erkennen, dass bei ihm gerade der Grad der Begehrlichkeit ein bedrohliches Ausmaß angenommen hatte.

Als Fiskus-Otto und Benzin-Robert endlich auf der Bildfläche erschienen, konnte der Kandidat die beiden nur noch verschwommen wahrnehmen.

Dann kippte er um. Die Tropfen, welche Heftpflaster-Hilde in das Bier von dem Kandidaten getan hatte, zeigten endlich ihre Wirkung.

„Der verträgt mehr als ein Ochse", sagte Heftpflaster-Hildegard, während die Augen von Fiskus-Ottos zu tränen begannen, als sein Blick auf den Schweißperlen ruhten, welche den üppigen Busen von Heftpflaster-Hildegard zierten.

Und dann begann eine Inszenierung, welche weit über das Vorstellungsvermögen von Benzin-Robert und Fiskus-Otto hinausging.

Abgründe taten sich auf.

Die beiden Männer trauten ihren Augen und Ohren nicht, als sie – nach den Anweisungen von Heftpflaster-Hilde – eine Skulptur aus schweißbedeckten Menschenleibern formen mussten.

Der Kandidat lag quer über den Oberschenkeln von Heftpflaster-Hilde. Sein Kopf ruhte in der Beuge ihres rechten Arms, und sein Gesicht war ihrem rechten Busen zugewandt.

Das Ganze sah aus, als würde dem Kandidaten die Brust dargereicht, und ein wenig erinnerte es an Botticelli.

„Ich nenne dieses Kunstwerk <Hell Boy und Trixi>", sagte Heftpflaster-Hilde belustigt, indes Fiskus-Otto gerade im Begriff war, seine Gefühle für diese Frau neu zu überdenken.

„Du bist verrückt, Hilde", sagte Benzin-Robert lachend, *„das glaubt uns kein Mensch."*

Dann wandte er sich an seinen Gehilfen Gerhard mit der Aufforderung, er möge ein paar Bilder von diesem Kunstwerk machen.

„Sind wir dann fertig?", fragte Fiskus-Otto ungeduldig, der sich zusehends unwohl fühlte.

„Noch lange nicht", antwortete Heftpflaster-Hilde, *„jetzt brauchen wir noch das Bild für die Zeitung."*

„Welches Bild?", fragte Fiskus-Otto, und Heftpflaster-Hilde antwortete:

„Warte ab; du wirst schon sehen."

Dann hieß sie die beiden Männer, den noch immer tief und fest schlafenden Kandidaten, hinaus ins Freie zu tragen.

Dort angekommen, nahm sie den Kandidaten auf ihre Arme, als wolle sie ihn aus einem brennenden Haus tragen.

Während Hildegard ihren Saunakilt trug, der sie züchtig bedeckte, blieb der Kandidat so, wie ihn Gott geschaffen hatte.

Den Körper des Kandidaten hielt sie so von sich weggedreht, dass man deutlich sehen konnte, welchem Geschlecht er angehörte.

Gerhard fotografierte Bild um Bild, bevor der Kandidat wieder zu sich kam.

„Was ist los?", fragte er, noch immer leicht benommen.

„*Sie hatten einen Kreislaufkollaps in der Sauna*", erklärte Heftpflaster-Hilde in einem amtlichen Tonfall, „*vermutlich zu viel Alkohol. Und dann noch die Hitze.*"

„*Diese Frau hat Ihnen wahrscheinlich das Leben gerettet*", sagte nun Benzin-Robert aufmunternd zu dem völlig verwirrten Kandidaten.

„*Kennen wir uns nicht?*", fragte der Kandidat seine Retterin, „*du bist doch Trixi.*"

„*Tut mir leid, mein Herr*", antwortete Heftpflaster-Hilde, „*mein Name ist nicht Trixi. Ich heiße Hildegard und bin Krankenschwester.*"

„*Wahrscheinlich der Schock*", sagte einer der Rettungssanitäter, welche der Saunabesitzer alarmiert hatte, „*aber wir müssen jetzt los.*"

„*Ist gut, Kollegen*", erwiderte Heftpflaster-Hilde, „*und danke, dass ihr so schnell gekommen seid.*"

Und dann läutete das „Tatütata" des Rettungsfahrzeuges ein ganz finsteres Kapitel für den Kandidaten ein.

Als das Fahrzeug nicht mehr zu hören war, öffnete der Saunabesitzer eine Flasche Sekt, um den gelungenen Coup zu feiern.

„Den finanziellen Verlust werden wir natürlich er-setzen", sagte Fiskus-Otto, worauf der Saunabetreiber antwortete:

„Das kommt überhaupt nicht infrage. Ich bin froh, dass ich diesen unguten Kerl endlich los bin. Es haben sich immer wieder einmal Gäste über ihn beschwert.

Aber jetzt kann ich ihm Hausverbot erteilen, und das ist es mir wert. Und auf den Spaß, den es gemacht hat, möchte ich um nichts in der Welt verzichten."

Danach hörte man nur noch das Klingen der Gläser und fröhliches Lachen.

*****

Am nächsten Tag stand ein Artikel mit Bild in der Zeitung, der von einer heldenhaften Rettung eines Saunabesuchers berichtete.

„Durch übermäßigen Alkoholgenuss hervorgeru-fen, erlitt Helmut G. einen Kreislaufkollaps in der Saunakammer.

Eine zufällig anwesende Krankenschwester, die nicht genannt werden möchte, trug den Ohnmächtigen ins Freie, um ihn wiederzubeleben.

Die herbeigerufenen Sanitäter brachten den Mann sofort ins Krankenhaus, wo er sofort behandelt wurde.

Inzwischen konnte Helmut G. wieder in die Obhut seiner Familie entlassen werden."

Das Sahnehäubchen dieses Berichtes war jedoch das Bild. Es zeigte Heftpflaster-Hilde, wie sie den Kandidaten auf dem Arm hielt.

Ihr Gesicht war unkenntlich gemacht worden, während das Gesicht des Kandidaten klar erkennbar war.

Und als wäre das nicht schon schlimm genug, hatte der Fotograf die Manneszierde wegretuschiert und an dessen Stelle ein winziges Feigenblatt angebracht.

Es hatte jedoch einiger Überredungskunst durch Benzin-Robert bedurft, dass der Redakteur der Zeitung und Kriegskamerad davon überzeugt war, dass dieser Artikel, nebst Bild, unbedingt erscheinen müsse.

Schließlich hatte er „um der alten Zeiten willen" zugestimmt.

Damit war das Schicksal von „Hell Boy" besiegelt.

Ein Besuch von Benzin-Robert, inkl. Vorzeigen des nicht veröffentlichen Bildes aus der Saunakammer, waren Argument genug, den Kandidaten davon zu überzeugen, nie wieder Hand an Frau und Kind zu legen.

*****

*„Ich begrüße die werten Mitglieder zu unserer all-
monatlichen Sitzung und bitte Fiskus-Otto um Verlesung der Tagesordnung."*

Kreuz-Otto setzte sich nieder und wartete gespannt
auf den Punkt 2 der Tagesordnung. Und im Besonderen auf Details der letzten Aktion.

Fiskus-Otto, Sensen-Otto und Benzin-Robert hatten
Heftpflaster-Hilde schwören müssen, dass die Sache
mit dem speziellen Bild in der Saunakammer ihr Geheimnis bleiben solle, und niemand, ganz besonders
Kreuz-Otto, je davon erfahren dürfe.

Und Gerhard, der Fotograf war von Benzin-Robert
dahingehend vergattert worden.

Fiskus-Otto begann mit der Verlesung der Tagesordnung:

1. Feststellung der Vollzähligkeit.
2. Tätigkeitsbericht des rückliegenden Monats.
3. Aufnahme von Sepp als ordentliches Mitglied.
4. Allfälliges

Nachdem die Vollzähligkeit festgestellt worden
war, begann Blunzen-Fritz mit seinem Bericht.

*„Mit größter Freude kann ich vermelden, dass un-
ser jüngstes Mitglied wesentlich dazu beigetragen hat,
dass der Kandidat, Helmut Glanz, künftig keine Ge-
walttaten gegen seine Familie mehr ausübt."*

Applaus brandete auf, und Heftpflaster-Hilde wusste nicht, wohin sie schauen sollte.

So resolut ihr Auftreten sonst war, so sehr war sie bescheiden, ja fast ein wenig verlegen, wenn es um ihre Person ging.

Dieser Wesenszug imponierte Fiskus-Otto in hohem Maße, und die Bedenken, welche bei der Sauna-Aktion kurzfristig bei ihm aufgetreten waren, hatte er schon längst wieder über Bord geworfen.

„Kann Hilde nicht schildern, wie die Aktion in der Sauna abgelaufen ist, und wieso der Raufbold Helmut jetzt auf einmal so handzahm ist?"

Die Frage kam von Rasiermesser-Karl, dessen Neugierde wohl auf seinen Beruf zurückzuführen war.

Heftpflaster-Hilde sah flehentlich zu Benzin-Robert und dieser reagierte auch sofort.

„Das war eine geheime Mission, Karl", sagte er verschmitzt lächelnd, *„und das wird sie auch bleiben. Wichtig ist doch nur, dass die Mission erfolgreich war. Oder bist du da anderer Meinung?"*

„Natürlich nicht", antwortete Rasiermesser-Karl enttäuscht, denn er hätte nur zu gern mehr darüber erfahren, zumal er sich inzwischen schlaugemacht hatte, was das Wort „Pikanterie" zu bedeuten hatte.

„Vielen Dank, Fritz", beendete Kreuz-Otto die kleine Unterhaltung der beiden und lenkte die Aufmerksamkeit der Anwesenden auf den nächsten Punkt der Tagesordnung.

„Liebe Freunde, der nächste Punkt sieht die Aufnahme von Sepp – als ordentliches Mitglied in die Gruppe - vor.

Aus diesem Grund bitte ich um das Handzeichen, wer dem Antrag zustimmt.

In Anbetracht der vielen hilfreichen Recherchen, welche Sepp für uns durchgeführt hat, gehe ich davon aus, dass der Antrag einstimmig angenommen wird und wir auf eine geheime Wahl verzichten können.

Wer dem Antrag also zustimmt, der möge seine Hand heben. "

Wie nicht anders zu erwarten war, wurde der Antrag einstimmig angenommen.

„Holst du bitte Sepp herein? ", wandte sich Kreuz-Otto an Sensen-Otto, und dieser verließ den Raum, um unmittelbar darauf mit Moped-Sepp wieder zu erscheinen.

Moped-Sepp wurde mit Applaus empfangen.

„Nimm Platz, mein Lieber! ", forderte Kreuz-Otto das neue Mitglied auf und deutete auf den freien Stuhl, neben Benzin-Robert.

„Wir freuen uns, dass du ab sofort ein ordentliches Mitglied bei uns bist. Es geschieht nicht zuletzt als Zeichen der Anerkennung für die vielen treuen Dienste, welche du all die Jahre über für die Gruppe geleistet hast. "

In Moped-Sepps Gesicht war Freude zu erkennen. Er nickte jedem der Anwesenden zu, und nahm danach – unter weiterem Applaus – neben Benzin-Robert Platz.

„Es ist heute das erste Mal, dass wir keinen neuen Kandidaten haben", nahm Kreuz-Otto das Wort wieder auf, *„und das ist schön.*

Nützen wir also die Gelegenheit und verbringen ein paar Stunden, einfach nur in Geselligkeit bei Speis und Trank, in lockerer Atmosphäre. "

Und so geschah es dann auch.

Jeder unterhielt sich mit jedem. Erinnerungen wurden hervorgekramt, und die gute Laune wob ein dichtes Band um die Anwesenden.

Fiskus-Otto befasste sich eingehend mit Heftpflaster-Hilde, und Sensen-Otto holte seine Frau Marianne dazu.

Rasiermesser-Karl bedrängte Benzin-Robert, er möge ihm doch ein kleines bisschen von der Sauna-Aktion erzählen, und Kreuz-Otto kümmerte sich um Moped-Sepp.

Dass dieses die letzte Sitzung mit Kreuz-Otto sein würde, konnte niemand ahnen.

Nur wenige Tage später kam die überraschende Nachricht von dessen Tod...

*****

Otto, Werner Olbrich war ein wahrer Streiter vor dem Herrn. Er fühlte sich schon früh dazu berufen, den Weg eines Gottesmannes zu gehen.

Er war ein Familienmensch und ein Patriarch.

Das Wort „Patriarch" kommt aus dem Griechischen: „Pater = Vater" und „archein = herrschen, Erster sein".

Und das lebte Kreuz-Otto auch. Er herrschte über seine Familie ebenso, wie über seine Gemeinde. Und er liebte es auch, „Herrscher" über die „Bruderschaft der Gerechtigkeit" und danach für das „Bündnis für Gerechtigkeit" zu sein.

Und er war der richtige Mann am richtigen Ort.

Als die Nachricht über seinen Tod publik wurde, versetzte das nicht nur die Mitglieder des „Bündnisses für Gerechtigkeit" in großes Entsetzen.

Kreuz-Otto war einer von wenigen Menschen, die als „unsterblich" galten, obwohl er – ausgestattet mit Bluthochdruck, Übergewicht, Alkoholkonsum und Zigarrenrauchen – zu einer Risikogruppe gehörte.

Kreuz-Otto wurde noch nicht einmal 60 Jahre alt.

Sein Begräbnis wurde zu einem Aufgalopp von Persönlichkeiten aus Kirche, Politik und Wirtschaft, und über seinem Grab türmten sich die Kränze meterhoch.

Nach der Beerdigung und einer Flut nie enden wollender Grabreden, trafen sich die Mitglieder des „Bündnisses für Gerechtigkeit" ein letztes Mal bei Sensen-Otto in dessen Gasthaus.

Und bei dieser Gelegenheit beschlossen sie, die Gruppe aufzulösen. Die Abstimmung darüber verlief einstimmig.

Als man später auseinanderging, gelobte man, man würde sich regelmäßig treffen, einfach nur, um ein wenig über die Vergangenheit zu plaudern.

Eine Zeit lang funktionierte es auch; verlief aber dann doch irgendwann im Sand.

Heftpflaster-Hilde und Fiskus-Otto wurden nie ein Paar; obwohl Fiskus-Otto es sich sehr gewünscht hätte…

*****

Nachtrag des Verfassers:

Die Handlung der Geschichte ist frei erfunden; aber die Protagonisten der Geschichte hat es gegeben.

Sie sind inzwischen längst verstorben, sind aber in der Erinnerung des Verfassers quicklebendig.

Wenn der eine oder andere Leser die Personen erkennen sollte, dann würde mich das freuen.

Eventuelle, überhöhte Darstellungen der Personen möge man dem Verfasser verzeihen. Sie dienten lediglich der Geschichte.

Die Protagonisten waren – jeder für sich – Originale, wie es sie heute kaum mehr gibt.

Und die Handlung spielte auf dem Dorf, mit all seinen Sonderheiten, die dem Stadtmenschen fremd anmuten.

Die Geschichte wurde geschrieben im Jahr des „Corona-Virus", in welchem die Menschen zuhause bleiben mussten, um der Bedrohung die Stirn zu bieten.

Und sie möge der Unterhaltung dienen; denn wie heißt es: *„Humor ist – wenn man trotzdem lacht."*

Oder wie der Verfasser sagt: *„Der wichtigste Körperteil ist ein fröhliches Herz."*